ハヤカワ文庫JA
〈JA1430〉

留《る》萌《もい》本線、最後の事件

トンネルの向こうは真っ白

山本巧次

早川書房
8506

目次

留萌本線 路線図

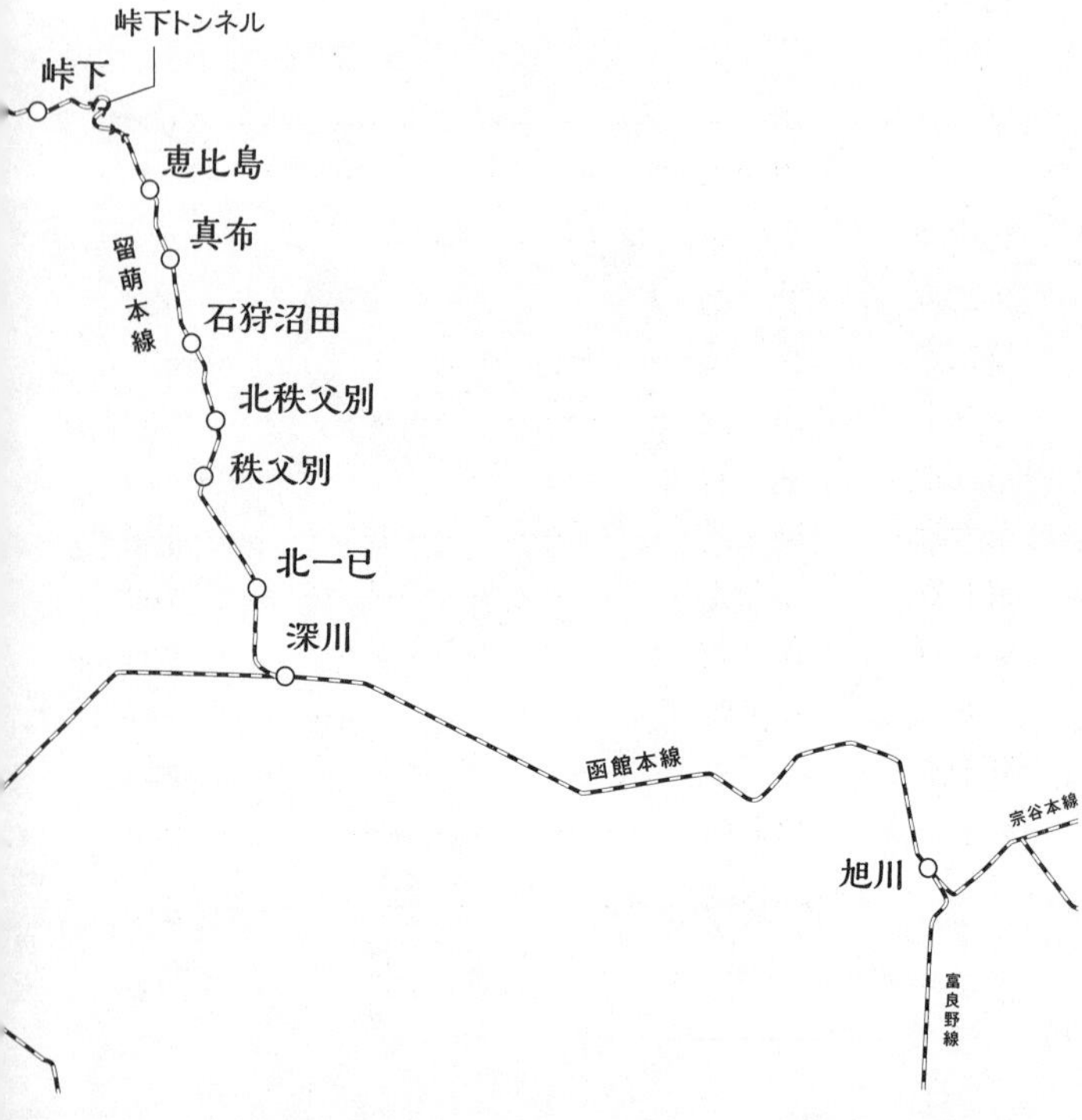

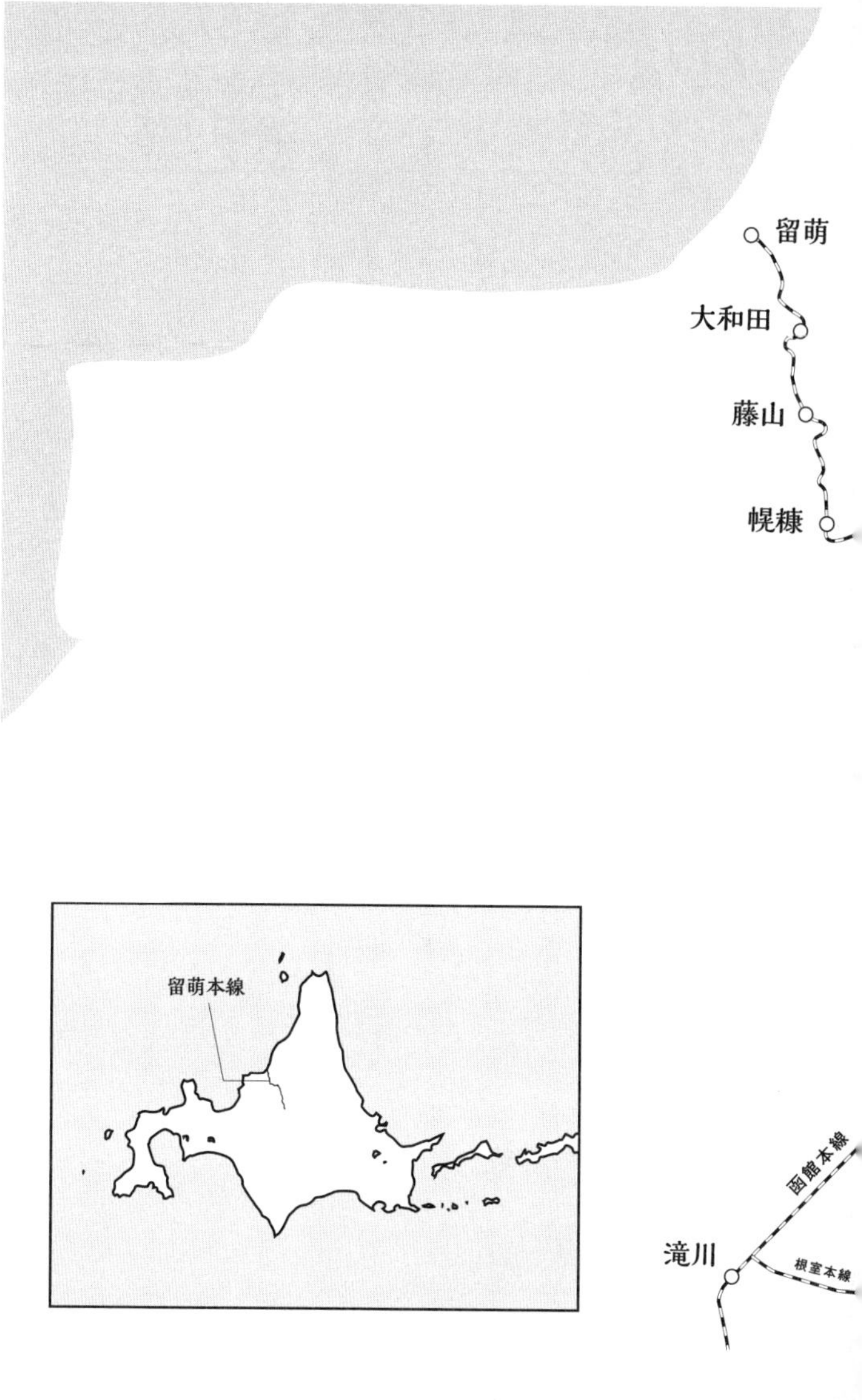
留萌
大和田
藤山
幌糠
留萌本線
函館本線
滝川
根室本線

留《る》萌《もい》本線、最後の事件

トンネルの向こうは真っ白

序章　其の一

　これはまさに、この駅、いやこの路線始まって以来の人混みだろう。ぐるりと周囲を見回した浦本克己《うらもとかつみ》は、掛け値なしにそう思った。

　暦は三月の末日になっているが、北海道の春はまだ先だ。アスファルトの路面にこそ雪はないが、山や畑や原野は硬くなった深い雪に覆われている。陽は射しているものの、肌に触れる空気は間違いなく冬のものだった。

（どれだけいるんだろう。五百人？　いや、もっとだ）

　人は、これからまだ増えるはずだ。その視線はほぼ例外なく、すぐ前に停車している三両編成のディーゼル列車に注がれている。三両はそれぞれ違った塗装を施され、正面の方向幕には「臨時」の文字。そして「ありがとう夕張《ゆうばり》支線」と書かれた丸い大型のヘッドマーク。今日一日、このただ一本の列車が夕張支線の運行に充てられ、十九時二十八分にここを出る最終列車まで、線内でピストン運行を続ける。

浦本は列車に向けたカメラを下ろし、再び駅構内を眺め渡した。今、彼が立っているのは背後に聳《そび》えるリゾートホテルの玄関前駐車場だが、今日は夕張支線に集まった客のために開放されている。この二〇一九年三月三十一日は、夕張支線が一世紀を超える長い歴史に幕を下ろす日なのだ。ここ夕張駅も、最終列車を見送ると営業を終了する。

かつての夕張駅はこのずっと先の炭鉱の前にあり、石炭を積む貨車が出入りする広大なヤードには、鈍い光を放つ何本ものレールが並んでいた。だが、今ここにある線路は、たったの一本だけだ。石炭輸送の終わりとともに不要になった線路はことごとく剝がされ、百メートル足らずのホームと、何を意味して作ったのかわからないトンガリ屋根のちっぽけな駅舎が、現在のすべてだった。

浦本は一歩下がって、駅舎の方を見た。あの建物は、どうにも好きになれない。炭鉱が閉じられた以上、町の中心に近くホテルとスキー場のすぐ前になるこの位置に駅を移したのは、まあ仕方がない。それでも、浦本自身には写真でしか見たことのない、以前の木造の風格ある駅舎で最後の日を迎えられればよかったのに、という思いはあった。こんな安っぽい終着駅では、長い年月にわたり道内でも指折りの重要路線だった夕張支線が気の毒ではないだろうか。そんな気がずっとしていた。

安っぽいと言えば自分自身がそうか。浦本は我が身を嗤った。三十を過ぎて定職に就かず、ずっとアルバイトで繋いでいる。趣味は鉄道を追いかけること。いわゆる鉄チャンだが、路線廃止となると熱意が上がることから、「葬式鉄《そうしきテツ》」と呼ばれる分類に属する。テツ仲間はいなくもないが、自分から群れるタイプではない。彼女はいないし、いたこともない。これといって、人に自慢できることは何もしていない。何かを成し遂げたいと思うわけでもない。ただ、日々が流れていくだけだ。

（俺の重みなんて、夕張支線の万分の一もないな）

そんなことを考え、また苦笑する。今日、夕張支線の沿線には、千人を超える「鉄チャン」と名残を惜しむ住人が出張っているはずだ。もし今、自分の葬式があったとしても、十人も集まらないのではないか。

人波が、少し動いた。駐車場の中程に設《しつら》えられたイベントスペースで、何か始まるようだ。テレビカメラも何台か向けられている。お偉方のスピーチが始まるらしい。

浦本は、イベントスペースに背を向けた。スピーチなど、聞く気は毛頭ない。美辞麗句を並べても、それは喋る人間が自分の格好をつけているだけだ。主役たる夕張支線は、時間がくれば静かに消える。それだけのこと。

背後のスピーカーから司会者の声が聞こえた。スピーチするゲストを紹介するようだ。声が割れて聞き取りにくいが、「北海道議会議員の河出《かわで》義郎《よしろう》先生です」と言っているのが何とかわかった。やはり政治家か、と浦本は顔を顰《しか》めた。

拍手が起こった。熱意のなさそうな、お座なりの拍手。数人の取り巻き以外は、鉄道目当てに来ているのだから当然だ。浦本は馬鹿らしくなり、二百メートルほど先に止めた自分のレンタカーの方へ歩き出した。とりあえず、ここはもういい。清水沢《しみずさわ》駅にでも移動して、また何枚か撮影しよう。それから車を新夕張駅の駐車場に置き、超満員になるであろう最終列車の一往復に、何とか潜り込もう。

どう動くのが一番効率がいいか考え始めたとき、ふと目に留まった男がいた。男は黒っぽいダウンパーカーを着込んで黒いキャップを目深に被り、マスクをしていた。目元の皺《しわ》とキャップからはみ出た白髪から、年長者とわかる。六十前後ではないだろうか。服装自体はこの場に群れている大勢と変わらないが、他と違うのは、カメラもスマホも手にしておらず、後ろに停車中の列車にも全く関心を向けていないことだった。

浦本は立ち止まり、男をよく見た。男の目は、イベントスペースにひたと据えられている。そこでは、さっき紹介された議員が、何やら演説をぶっているようだ。関心があるなら近くに寄ればいいのに、男はその場から一歩も動こうとしなかった。その様子が、男を周囲から浮いた存在にしている。だが、それに気づいたのは浦本だけらしい。

浦本は、男に数歩近づいた。男は、人垣の間からちらりと見える議員の姿を凝視している。浦本は、背中にうすら寒さを感じた。男の目に宿る光が、不穏なものに思えたからだ。

男が、はっとしたように浦本の方を向いた。視線を感じ取ったのだろう。浦本は目を逸らし、すぐにそこから歩み去った。男の視線が追ってくるような気がしたが、振り返ろうとは思わなかった。

レンタカーに帰りつき、ドアロックを開けて運転席に滑り込むと、浦本はほっと溜息をついた。あの男の目に宿っていたもの、あれは何だったんだろう。怒りか。恨みか。嫌悪か。それらすべてか。浦本は首を傾げる。それだけではないような感じが、どこかにあった。何なのかはわからないが……。

浦本は首を振った。何百人という人々の中で、たまたま目についた一人の見知らぬ男に、なんでそうこだわる必要がある。頭から男のことを追い出すと、エンジンのスタートボタンを押した。今から行けば、清水沢駅には列車到着の十五分前には着けるはずだ。

道道三八号線に出て、南に向かった。夕張支線の線路が左手に続き、走行する列車の最後の雄姿を映像に収めようとする鉄チャンたちが、ここに三人、あそこに五人と固まっている。最終列車までは、あと数時間。よし、今夜はこの路線のこれまでの働きにふさわしい、盛大な見送りをしてやろうじゃないか。

線路を目で追いながら、浦本は少なからぬ感傷にひたった。夕張駅にいた男のことは、とうに記憶のどこか深くに消えていた。

序章　其の二

そこは、奇妙な空間だった。

鉄筋コンクリートの、数棟のアパート。遠目には、どこかの郊外にある団地だった。だが、傍《かたわ》らまで近寄ると、空気は一変する。アパートの窓硝子《ガラス》は、大半が割れてなくなっている。窓枠は歪み、窓の内側には、かつてはそこにあったはずの家具も、襖《ふすま》や障子も、何も残されていない。壁の一部さえなくなっていた。虚ろな空間にあるのは、砂と、埃と、朽ち枯れた植物の残骸だけだ。

部屋（もはやそう呼んでいいのかもわからないが）の前に立った宇藤真二郎《うとうしんじろう》は、がらんどうの室内をしばしの間見つめた後、肩を落としてゆっくりと振り向いた。そこは二列に並んだアパートの間の空間で、舗装された道と芝生と花壇があったところだ。今はアパートと同じくらいの高さの木が何本も生え、雪解け水でぬかるんだ地面は、落ちた枝や枯草で半ば覆われている。この地は、森に還ろうとしているのだ。

（まるで、チェルノブイリだな）

宇藤は、最悪の原発事故のために放棄された、旧ソ連の都市を連想した。ドキュメンタリー映像で見た彼の地《か》の光景は、今自分が目にしているものと実によく似ていた。無論、ここは原発とは何の関係もない。あったのは、炭鉱だ。だが、人の失敗が生み出した廃墟という点では、同じようなものだと宇藤は思った。

（もう、半世紀になる）

いつの間にか、長い月日が経ったものだ。宇藤は一つ奥の棟に目を向けた。ここに人々の暮らしがあった頃、宇藤の住まいはその四階にあった。今さら見に行こうとは思わない。ここから眺めるだけで充分だ。それに今はもう、建物に立ち入ることはできなかった。

宇藤はさっき覗いた手前の棟の一階の部屋に目を戻した。そこは、彼の親友が住んでいたところだった。小学生だった宇藤は、学校から帰ってランドセルを家に置くと、階段を駆け下りて隣の棟へ走り、ベランダの外から友を呼んだ。部屋からそれに応える声が聞こえ、やがて表側から友が走り出てくる。二人は連れ立って、いつもの遊び場へ向かった。

宇藤はふっと溜息をつき、踵《きびす》を返した。ここに居続けると、気が滅入る。

（兵《つわもの》どもが夢の跡、か）

一九六〇年代の終わり、この地は北海道内で最も先進的な炭鉱町だった。彼の通った小学校は、木造校舎がまだ多かった時代、明るいピンク色に塗られた鉄筋校舎と、円形ドーム形の体育館を備えており、眩《まばゆ》いばかりだった。札幌にもこんな学校はない、と言われ、そこに通うのが誇らしかった。建ったばかりの鉄筋アパートの暮らしは、東京にも負けないと誰もが思っていた。

　終わりは、突然に訪れた。採炭切羽《きりは》が断層にぶつかり、石炭を掘れなくなってしまったのだ。国内有数の優良鉱だった炭鉱は閉山に追い込まれ、人々は去った。

　本当は、突然ではなかったのかもしれない。エネルギーが石油に取って代わられ、北海道でも九州でも、炭鉱は次々に閉じられていた。ここもやがては、という思いは、炭鉱で働いていた人々の胸にずっとあったのではないか。だが、小学生だった自分には、深刻な話として捉えられてはいなかった。今日と同じ明日が続く、と普通に思っていただけだ。だがそのうち、閉山反対の声が響くなか、自分や友人たちも事態を察することになる。そしてある日、ここを去らねばならない、と両親に告げられたのだ。

「なあタッちゃん、どうして駄目になったんだよ。こんな立派な町なのに」

　話を聞いた翌日、宇藤は親友に言った。どうにも納得がいかなかった。

「炭鉱なんか、もうみんな駄目なんだよ」

　妙に大人びたところのあったタッちゃんは、悟ったかのように言葉を返した。

「石炭なんか、使わないんだ。どこでも石油なのさ」

「時代遅れってこと？」

　宇藤も何となく、わかってはいた。毎日石炭を掘りに行き、疲れているのに笑顔で帰って来る。そんな父親を見ていたら、実感がわかなかっただけだ。

「俺んちの父ちゃん、もう炭鉱はやらねえ」

　タッちゃんは、きっぱりと言った。宇藤は、はっとして友の顔を見た。

「じゃあ、何をやるの」

「札幌へ行くんだ。サラリーマンになるって」

「会社に……勤めるんだ」

　都会へ出て、サラリーマンになる。生まれてからずっと炭鉱町で育った宇藤にとっては、テレビの中にある世界だった。

「おまえんち、どうするの」

「夕張の炭鉱。あっせん、とか言ってた」

　会社側が提示した、再就職斡旋だった。宇藤の父は、石炭からまだ離れられなかったのだ。

「夕張も、どうせすぐ閉山するぞ」

「父ちゃんは、当分は大丈夫だって言ってたけど」

「当分って、いつまでだよ」

「そんなの、知らない」

　タッちゃんの顔に、冷笑が浮かんだ。

「ほらな。俺たちが高校とか卒業して、仕事できるようになるまで、炭鉱があるかどうかわかんないじゃないか」

そんなことない、と言いたかったが、言葉は出なかった。

翌月、タッちゃんは一家で炭鉱町を出た。宇藤は、炭鉱鉄道の駅まで母と一緒に見送りに行った。小学校の遊び仲間たちも、何人も来ていた。宇藤の母と友の母との間で、どんな会話があったかは覚えていない。タッちゃんは、いっぱいに開いた列車の窓からじっと宇藤を見つめていた。

「札幌行って、おまえは何になるんだよ。やっぱりサラリーマンか」

「うーん」

タッちゃんは、真面目に首を傾げた。

「わかんない。サラリーマンが面白そうだったら、なる。面白くなさそうだったら、他のにする」

「何だよ、それ」

いい加減だな、と宇藤は笑った。タッちゃんも笑った。

「私は先生になる」

「僕、お医者さんになる」

まだ幼い一年生や二年生が、口々に言った。汽車の運転手、お巡りさん、お菓子屋さん、などの声もあがった。炭鉱で働くという声は、一つも聞こえなかった。

「でもさ、とにかく」

タッちゃんが、真顔になって宇藤を見つめた。

「自分で何をやるか、決められるようになりたい。知らない人たちの都合で仕事がなくなるなんて、嫌だ」

友はそう言って、唇を噛んだ。仕事だけじゃない。生まれ育った世界そのものが、消されてしまうのだ。宇藤にも、よくわかった。それが堪らなく口惜しかった。

「おまえも、札幌に来いよ」

急に、タッちゃんが言った。炭鉱なんか見切れ。もう一度、こんな目に遭うつもりか。

そう言っているんだと思った。

「うん……いつか行く」

「きっとだぞ」

タッちゃんが差し出した手を握った。漠然と、空約束になるかもしれないと思った。まだ、人生の先行きを真剣に考えられる年齢《とし》ではなかった。

（結局、札幌に住むことはなかったな）

宇藤はほろ苦い思いを噛みしめ、廃墟に背を向けた。

乗ってきた車に戻ると、ちょうど一台の小型車がやって来て、十メートルほど離れたところに止まった。両側のドアが開き、二十代前半くらいの若い女性が二人、降りてきた。観光客か、と宇藤は肩を竦めた。ネットで調べたところによると、この地はそれなりの観光スポットになっているらしい。世の中には廃墟マニアという者もいて、朽ちかけた建物などに大いに興味を示すのだそうだ。

(確かに、一種独特の光景ではあるな)

ここが普通の町だった頃を知らない人には、感慨などあるまい。テーマパークの一種、といった趣《おもむき》なのだろうか。

二人の女性が、こちらに気づいて会釈した。宇藤も、小さく会釈を返す。相手の表情を見ると、怪しい奴とでも思っているようだ。無理もないか、と宇藤は内心で呟く。黒のブルゾンに黒っぽいズボン、同じく黒っぽいキャップを目深《まぶか》にかぶって顔を隠すようにした初老の男が、一人でカメラも持たずにこんな場所にいるのは、客観的に見れば怪しいだろう。

二人連れはこちらに関わりたくないようで、すぐ背を向けて「廃墟」へ歩き出した。二人とも、スマホを手に持っている。

「うわ、これヤバい。何か出そうじゃん」

「ひゃー、人類が滅亡した地球、みたいな」

そんな声が聞こえた。

「インスタ映え、ってより、ホラーだよね。これユーチューブにアップしたらウケる？」

「どうかなあ。景色だけでインパクトあるけど、ウケるかっていうと……何か足りないんじゃないの」

「建物の中入って、貞子《さだこ》の真似でもしてみる？」

「今さら貞子って……ホラーやるんなら、もっと本格的にやんないと再生回数稼げないよ」

　スマホをあちこち向けながらの会話からすると、近頃流行りのユーチューバーとかいう手合いらしい。

（俺の育った町は、今やユーチューブのネタか。しかもホラーとはな）

　宇藤としては複雑な気分だ。急にまた、友の顔が浮かんだ。これが時代の変化って奴だ。彼がそう言っているような気がした。宇藤は、アパートの建物に近づいていく二人のユーチューバーの背中を見つめながら、苦笑交じりの溜息をついた。

第一章　発　車

雲が切れ、朝の光が射し込んできた。浦本克己は、跨線橋《こせんきょう》を歩きながらぶるっと体を震わせた。九月下旬の北海道は、昼間ならまだ寒さを感じることはない。だが、早朝のこの時間は薄着だと冷える。気温は、八度から十度といったところだろう。

浦本はホームへの階段を下りる前に、窓から構内をざっと見渡した。この函館本線深川《ふかがわ》駅には、ホームが三本ある。駅舎のある一番線は、函館本線の上り列車用。間もなくやってくる上りの始発列車、札幌行き特急ライラック2号を待つ、数人の乗客の姿が見える。その次がすぐ下に見える、三番線・四番線ホーム。四番線には、たった一両の気動車が停車していた。浦本がこれから乗る、留萌《るもい》本線の留萌行き下り始発列車だ。

そしてその向こうにもう一本、短いホームがある。それが六番線で、一日に数度、四番線が塞がっているとき留萌本線の列車が発着するのに使われている。二番線と五番線は線路だけで、ホームはない。

（どうせなら、あっちの六番線のほうがローカル列車のホームらしくていいんだが）

浦本は四番線と六番線を見比べながら思った。柱こそ鉄骨だが、六番線の屋根本体は木材とトタンで作られており、本線の特急が止まる他のホームに比べると、ひどくうらぶれた感じがしていた。一方、四番線の気動車は、十両以上の編成も停車できる長いホームに、いかにも場違いな姿をさらしている。

浦本は跨線橋の窓から気動車の写真を一枚撮り、ホームへと下りた。腕時計を確かめる。五時四十四分の発車まで、まだ十分あった。

(やっぱり、ゴーヨンはいいな)

気動車の前に回ってまた一枚撮ってから、浦本は心の中で頷いた。目の前にいるのは、浦本が言うところのゴーヨン、即ちキハ54型だ。昭和の終わりに製造された全長二十メートルのフルサイズで、窓が小さいせいか、腐食防止と軽量化のためステンレス車体を採用していながら、物々しく重厚な印象を与える。浦本は、それが気に入っているのだった。

ステップに足をかけ、車内に入った。中は半分ほどがロングシートで、中央部に六列ほど、転換クロスシートが並んでいる。一目見て、浦本は顔を綻《ほころ》ばせた。

(0系の座席、まだ頑張ってるな)

この転換クロスシートは、廃車になった東海道新幹線の0系車両に使われていたものだ。新幹線が開業したときに設計された、由緒正しき座席なのである。もっとも、普段乗っている沿線の人たちは、気にもしないだろうが。

　車内にいるのは、十二、三人だった。男性ばかりで、見たところ、みんな浦本と同類の「鉄チャン」のようだ。平日だというのに、思った以上に乗っているなと浦本は思った。早朝の下り始発に乗る一般の乗客など、ほぼいないだろう。この列車を選ぶのは、好きでそうしている連中だ。留萌本線の廃止が数ヵ月後に決まったことで、乗りおさめと撮影に来ているのだ。浦本のように、土日は混むからと避けているのに違いない。

　年代は、下は大学生風の三人連れから上は六十過ぎと思われる一人旅まで、結構幅広い。全体としては、中高年が多いようだ。一九七〇年代から八〇年代にかけて、ＳＬや寝台列《ブルートレ》車《イン》を追いかけていた少年たちが、そのまま年を取ったのだろう。

（俺なんか、まだ若手のほうかもな）

　自分もやはり、老人の域に入ってもこうして列車に乗り続けているんだろうな、と漠然と思いつつ、浦本は空いていたクロスシートに腰を下ろした。いくらかくたびれたクッションに体を預け、天井に目を向ける。いくつかの中吊り広告（全部、ＪＲの自社宣伝だ）の間に、昔ながらの扇風機が並んでいる。この型の車両に、空調は付いていない。扇風機も、「ＪＲ」ではなく国鉄を表す「ＪＮＲ」の飾り文字が刻印された古風なものだった。

（国鉄の、車両なんだ）

　改めてそう思った。国鉄は彼が生まれる前に消滅し、ＪＲになった。この車両は間違いなく、日本中を走り回っていた国鉄型気動車のＤＮＡを今に残しているのだ。ここにいる

「鉄チャン」たちの多くは、同じ感慨に浸っているだろう。ただ、それを一般の人々に理解してもらうのはなかなか難しい。

外を見ると、ちょうど一番線にライラック2号が到着するところだった。JR北海道の最新鋭特急電車は、キハ54と比べると、はるかに洗練されたフォルムである。それはそれで悪くないが、浦本が魅力を感じるのは、やはりこの武骨な昭和の車両なのだった。

ライラック2号が発車していくと、跨線橋から人が二人、下りてきた。ライラックからこの列車に乗り換える客に違いない。この早朝にそういう客がいるとは、と思ってよく見ると、それは二十代前半くらいの若い女性二人連れだった。秋物らしい薄手のブルゾンにスリムなパンツというスタイルで、やや太めの体型にグレーの上っ張りを羽織り、穿き古したジーンズという浦本に比べると、だいぶ垢抜けている。

(あの女子も、鉄チャンなんだろうか)

朝一番のライラックに乗ってきたなら、地元の人ではなかろう。わざわざ始発列車を選ぶとは、留萌本線に乗ることを目的に来ている、としか思えないのだが。

車内の何人かが、浦本と同じ疑問を抱いたらしく、彼女たちに訝《いぶか》し気な視線を向けた。彼女たちのほうはというと、乗客は鉄チャンばかりという一種異様な空気にさして臆する様子もなく、通路を進んで前方のロングシートに並んで座った。座るとすぐ、スマホを取り出す。それを顔の前に掲げた。どうやら車内を撮っているようだ。動きからすると、動画だろう。

（もしかして、廃止間近の留萌本線における鉄チャンの生態、なんていうようなテーマで、動画でも撮る気か）

映っている人の顔にモザイク処理を施してから、ユーチューブに上げるつもりかもしれない。

（ま、好きにすりゃいいさ）

浦本は、ふんと鼻を鳴らした。これまでの人生、女性に関してはあまりいい思い出がない。関わりたいとも思わなかった。

女性たちを最後に、乗り込んでくる客はいなかった。いつの間にかホームに出ていた駅助役が、発車合図を送った。運転士が身を乗り出し、後方を確認してからドアスイッチを操作する。床下でプシュッと空気《エア》の抜ける音がし、扉が閉まった。浦本は反射的に腕時計に目をやった。五時四十四分、定時の発車だ。エンジンが唸りをあげた。

ただ一両の列車は、構内を出ると次第に速度を上げた。函館本線が、左に離れていく。乗客の「鉄チャン」のうち二人は、早くも運転台のすぐ背後のデッキに立ち、前方の景色を見つめている。最終日が近くなれば、ここには大勢が鈴なりに並び、ガラスに顔をくっつけんばかりにして行く手の線路を凝視することだろう。

浦本はデッキには行かず、おとなしく座席に座って流れゆく風景を楽しんでいた。外は深川を出るとすぐ田園地帯になり、刈り取りの終わった田んぼのなか、一直線に延びる線路を列車は走っていく。

(思ったより速いな)

平坦で真っ直ぐなせいか、キハ54は順調に加速していた。速度は八十キロを超えているだろう。

(この始発列車は快速運転だから、気兼ねなく飛ばせるのかもな)

深川と留萌の間には十カ所の駅があるが、この列車が停まるのは石狩沼田《いしかりぬまた》と峠下《とうげした》、大和田《おおわだ》の三駅だけだ。一日に下り八本、上り九本ある列車のうち、全駅に停車するのは上下各二本しかない。他の列車は皆、一つか二つ通過駅があり、この下り始発が最も停車駅が少ない。早朝から下り方面に向かう旅客は、それだけ少ないということだ。この列車の役割は、留萌で折り返して上りの通勤通学客を乗せることにあるのだろう。

(たぶん、廃止の日までこの始発は、鉄チャン専用列車になるんじゃないか)

普段は空気を運んでいる列車が、廃線の日が近づくと混み始め、最終日に史上最多の乗客が利用する、というのは何とも皮肉な話ではある。

秩父別《ちっぷべつ》を通過した。そこそこの大きさの町なのだが、早朝とあって、人の姿は見えない。

浦本は、車内でただ二人の女性客に目を向けてみた。二人はスマホを手にしたままで、時折それを窓に向けて、何事かぶつぶつ言っている。状況を説明しながら車窓風景の動画を撮っているのだろう。

(おや)

浦本は、後ろのクロスシートに座る初老の男に、急に興味を引かれた。黒いキャップ、黒っぽくポケットの多いジャンパー、濃い灰色のズボン。浦本が乗り込んだときには、すでに車内にいた人物だ。最初にちらっと見たときは何も思わなかったが、女性客から目を移したとき、何かが引っかかった。

(どこかで見たような気がするな)

記憶を懸命に探る。たっぷり一分ほどかけたが、思い出せなかった。おそらく何カ月、あるいは一年以上前のことだろう。知り合いなら覚えているはずだから、通りすがりだったのかもしれない。だが、醸し出す雰囲気というか、印象が頭の隅に確かに残っていた。

(この人も、乗り鉄か葬式鉄だろうか)

どこかのローカル線の車内で見かけた自分の同類かも。そう思ったのだが、男の足元を見て首を捻った。そこには大きめのキャリーバッグが置かれている。乗り鉄にしろ葬式鉄にしろ、カメラバッグは別にしてあまり大きな荷物は持ち歩かないものだが。

(遠くから来たんだろうか。宿かコインロッカーに預ければいいのに)

男はカメラは持っていないようだ。

（見覚えがあるのは勘違いで、留萌へ行く途中の普通のおっさんかもしれないな）

見たような男だからといって、挨拶の必要もなければ、これ以上気に留めるほどの理由もない。後ろを向いてじっと見つめていたら、下手をすると因縁をつけられかねない。浦本は肩を竦めて、窓の外に目を戻した。ちょうどそのとき、案内の自動放送が石狩沼田への到着を告げ、ブレーキがかかった。


石狩沼田のホームにも、人影はなかった。立派な駅舎があるのだが、静まり返っている。何十年も前、ここからは札沼線《さっしょう》が分岐し、農産物を積むための貨物側線もあった大きな駅だったのに、今では留萌本線用の一本を除いて他のレールはすべて剝がされていた。ホームも駅舎とくっついた一つだけになり、そこを覆う鉄骨製の立派な屋根はすっかり錆《さび》が浮いて、うら寂しい雰囲気が立ち込めていた。陽が高くなり、通勤通学客がホームに出てくればまた違って見えるのだろうが、今のこの駅は、廃線直前と言うにふさわしい気がした。

一人の乗降もなく、列車は動き出した。次に停まる峠下までは十四キロ近くあり、その名の通り峠を越えることになる。トンネルも二つ、あるはずだった。

数分後、恵比島《えびしま》を通過した。十何年か前、NHKの朝ドラの舞台になった駅だ。当時のセットなども残されていて、今でもたまに観光客が訪れる。さらに昔には炭鉱鉄道が分岐していて、それなりに重要な駅だったはずだが、石狩沼田と同様、線路一本が残されているだけだ。人家も少なく、ドラマロケがなければ駅舎もとうに解体されていただろう。車内を見回すと、鉄チャンたちはこの駅の来歴を知っているので、通り過ぎる駅舎に一斉に目を向けていた。何人かは一眼レフのシャッターを切り、二人の女性客も、この様子を動画におさめていた。

一人、あの黒っぽい服装の初老の男だけが、違う動きをした。通過する駅が恵比島であることを確かめるように、ちらりと一度だけ窓の外を見て、あとは俯《うつむ》き、キャリーバッグを引き寄せて何かしているようだ。浦本は訝しんだが、気にすることでもない、と思い直した。荷物の中から何か出そうとしているのだろう。その想像は当たっていたが、出そうとしていたのは、浦本が考えもしなかった物だった。

異変が起きたのは、恵比島を通過して数十秒後だった。初老の男が、いきなり席から立ち上がった。その気配に、浦本は後ろを向いた。男は、窓を一瞥《いちべつ》して外を確認すると、さっと手を上げ、壁に取り付けられた赤いボタンを勢いよく押した。

(うわ、何をするんだ)

浦本は仰天して、飛び上がりそうになった。男が押したのは、列車を止める非常停止ボタンだった。たちまち警報が響き、床下でエアの抜ける、シューッという音がした。一拍置いて、急激に速度が落ちる。「急停車します、ご注意ください」との放送が流れ、ぐっと減速の圧力がかかる。非常ブレーキは、通常のブレーキのように停止直前に緩めて衝撃を和らげる、ということがないので、停止する瞬間に最も強い衝撃がくる。それを知る浦本たち鉄チャンは、慌てて身構えた。

車輪が激しく軋《きし》み、キハ54は急停止した。無防備だった二人の女性客は、ロングシートの上でひっくり返った。

「きゃあ、ちょっと何これ、ヤバーいっ」

甲高い叫び声があがる。それでもスマホを放さず撮影を続けているのは、さすがと言うべきか。

状況を把握した鉄チャンたちは一斉に立ち上がり、ボタンを押した男を当惑と非難の目で見つめた。男はいつの間にか、サングラスをかけている。そのせいで表情はよくわからないが、鉄チャンたちの視線をはね返すに充分なくらいの怪しさが出ていた。

浦本は、ぞくりとした。どうやら衝動的な行為ではないようだ。

「ちょっとすみません、いったい何ですか、どうしたんですか」

慌てた様子の運転士が、運転室を出て駆け寄ってきた。急病人や迷惑行為のときに押す非常通報ボタンではなく、いきなり非常停止ボタンを押されたのは、初めてだったのだろう。

「そこで止まれ！」

突然男が、運転士に向かって叫んだ。運転士は、はっとした様子で足を止めた。

「こいつが何かわかるか」

男は、右手をかざした。その手に握られているのは、細長い円筒形の物体だ。片方の先端に、さらに小さな円筒状のものが付き、そこからコードが延びている。コードは数十センチしかなく、先は途切れていた。鉄チャンたちが、ざわめいた。

運転士は、何も言えず固まっている。男は呆然とする一同を眺め渡すと、円筒を持ったままおもむろに後ろを向き、窓を開けた。誰も男を押さえようとする者はいない。怖れ、というより、何をしようとしているのかに興味を奪われているようだ。

窓をいっぱいに開けた男は、ゆっくりと向き直った。外の冷気が入ってくる。ここは峠越えの上り勾配にかかるあたりで、周囲は雑木林と草むらだ。人家などはなく、道路も見えなかった。

男は左手で、ポケットからライターを取り出した。全員に見えるよう、火を点ける。皆が、一歩後ろに下がった。男は口元に薄笑いのようなものを浮かべると、円筒から出ているコードに炎を当てた。

「うわ、ちょっと……」

誰かが呻《うめ》いた。コードは激しく火花を飛ばし、燃え始めた。やはりコードに見えたのは、導火線だったのだ。ならば、導火線が繋がっている円筒状のものは……。

　男は右手を一振りし、円筒を窓の外へ放り投げた。円筒は宙を飛び、草むらに落ちた。次に起きることを予測し、誰もが身を伏せた。二、三秒経ったかと思ったとき、車両が揺れるほどの爆発音が轟いた。

　幸い、窓ガラスが割れるほどではなかった。おずおずと顔を上げ、外を見ると、草むらの一部が丸く吹き飛んで、濃い煙が漂っていた。

「わかったろう。こいつは、本物のダイナマイトだ」

　声に振り向くと、仁王立ちしている男の手には、新たなダイナマイトが握られていた。男は足元のキャリーバッグを足でつつき、さらに続けた。

「ここには、ダイナマイトだけじゃなく、もっとたくさんの爆薬が入っている。この列車を吹っ飛ばすのに充分なくらいだ。起爆装置は、俺が持っている。これから俺の言う通りにしてもらう。わかったか」

　声を発する者はいなかった。男はそれを承諾と捉えたらしく、運転士に向かって言った。

「後ろの運転室の貫通扉を開けろ。非常梯子《はしご》を下ろせ」

　貫通扉は、車体正面の中央についている扉で、他の車両と連結したときはこれを開けて通路にするものだ。運転士は困惑を顔に浮かべた。

「え……それは」

「聞こえないのか。早くしろ」

男がダイナマイトを振った。運転士は弾かれたように後部へと走り、扉を開けて運転室に飛び込んだ。

「非常コックを使って客用ドアを開けたほうが早いんじゃ……」

鉄チャンの一人が、もごもごと言った。聞きとがめた男が、「黙ってろ」と怒鳴り、言った鉄チャンは身を竦めて後ろに下がった。

(非常コックは使わせないのか)

理由がありそうだ。浦本は、しばし考えた。非常コックを使うと、ドアエンジンを動かす空気《エア》が抜け、ドアを押し付けている圧力がなくなって手で開けられるようになる。その代わり、空気《エア》が抜けきってしまうと、扉は開きっ放しになる。男は、それを嫌っているのではないか。

(どうやら、この車両に立てこもる気だな)

運転室の貫通扉は手動なので、開けてもすぐ閉めなおしてロックできる。男はそれを承知しているのだ。しかも、「貫通扉」という鉄道用語を使った。こいつは、かなり勉強してきたのか、もとからの鉄チャンなのか。

運転士が戻ってきた。さすがに、乗客を置いて自分だけ逃げたりはしない。男はそれも読んでいて、運転士に行かせたのだろう。

「梯子もセットしましたよ」

「よし。これから、余計な者は降りてもらう。残って人質になる者は、俺が勝手に選ぶ」

人質、という言葉がひどく生々しく聞こえた。そうだ、今までピンと来ていなかったが、これはハイジャック事件なのだ。しかし、どうしてこんなローカル線で？

「よし、おまえは残れ」

浦本が考え込んでいると、男が一人を指差した。指されたのは、犯人の男と同年輩くらいの、眼鏡をかけた胡麻塩頭の人物だった。犯人を除けば、この中で最年長ではないか。

「それと、あんたらもだ」

二人連れの女性客が指名を受けた。えーっ、という声をあげたが、怯えている風でもなさそうだ。まさか、ユーチューブに流すいいネタだと思っているのではあるまいな。

「それから……」

犯人の男は首を巡らし、浦本と目が合ったところで止まった。まずい、と思った瞬間、男の指が自分に向いた。

「あんただ」

くそっ。浦本は毒づきたいのを懸命に抑えた。どうして俺なんだ。他の連中と比べて、目立っているところなどないだろうに。何か気づかないうちに、奴の気に入らないことでもしたか？　それともたまたま目が合ったからか？　まったくついてない……。

「運転士さん、言うまでもないが、あんたも残ってもらうぞ」

運転士は、そのつもりだったらしく、素直に頷いた。

「よし、他の連中は後ろの運転室から降りろ。荷物も邪魔だ、持って行け。さっさとするんだ」

十人ほどの鉄チャンたちは、犯人に指示されるまま、戸惑いと安堵《あんど》の混じった表情を浮かべつつ、そそくさと逃げ支度をした。そして、用意のできた者から順に、後方へと通路を歩いていった。

「よし、貫通扉を閉めて、ロックしろ。閉めたらすぐに戻れ」

乗客たちが降りきって見えなくなると、犯人は運転士に命じた。運転士は再び後方へ走り、言われた通り扉を閉めて戻ってきた。

「閉めましたよ。これからどうするんです」

「よし、仕事だ。運転台に行け」

犯人に促され、運転士は自分の本来の居場所に戻った。その後に、ダイナマイトを持ったままの犯人が続く。

「おまえたちは、おとなしく座ってろ」

犯人が振り返って、そう指図した。六十過ぎの眼鏡の男が、浦本の顔を見た。どうします、と目で聞いているようだ。浦本は、無言で座席を指した。眼鏡の男は肩を落とし、手近の席に座った。二人の女性客はすでに、さっきまで自分たちが座っていたロングシートに戻っている。顔を寄せて、小声で何か話し合っている様子だ。浦本も、眼鏡の男と通路を挟んで隣り合わせの席に腰を下ろした。

間もなくエンジンが唸り、列車が動き出した。徐々に速度を上げたが、時速三十キロくらいのところで加速をやめた。このまま、慎重に徐行していくらしい。

「どこまで走ろうというんでしょうな」

眼鏡の男が、困惑気味に話しかけてきた。

「あ、私、下山《しもやま》といいます」

名刺でも出しそうな物腰だが、ちょっと偉そうだ。定年退職した管理職のサラリーマン、というところか。

「浦本です」

ニートの浦本は名刺など持ったこともない。素っ気ない返事になってしまったが、下山は気にする風もなかった。

「そんなに先へ行っても、仕方ないように思うんだが」

下山がさらに言った。が、浦本も答えを持っているわけではない。

「さあ、どうでしょう。この先はトンネルで、それを越えて進むと、次は峠下の駅です。上りの始発列車が行き違いのために待ってる。そこまで行ってしまうと、状況がややこしくなるでしょう」

なるほど、と下山が頷く。

「なら、山の中、もしかするとトンネルの中に止めるつもりかもしれませんな」

列車は勾配を上り、ゆるゆると進んでいく。周囲には、建物も道路も電柱も見えない。色づきかけた木々の葉が、ずっと先まで重なって見える。町からそれほど離れていないというのに、鬱蒼たる山の中だ。

ほどなく、トンネルに入った。壁に反響した走行音が、車内に満ちる。速度は一定のままで、すぐにも停車できる程度だが、ブレーキはかからなかった。

一分と経たずに、トンネルを出た。浦本と下山は、顔を見合わせた。

「止まりませんでしたな」

下山が、首を傾げる様子で言った。

「まだもう一つ、トンネルはあります」

浦本の言葉に、下山は感心したような顔をする。

「この線に、何度も乗ってるようですな」

言い方からすると、下山は初めてのようだ。浦本は小さく頷いた。

「何度も、というほどじゃないですけど」

「沿線に住んでるんですか」

「いえ、札幌です」

「そうですか。私は旭川なんだが、普段は車ばっかりで、鉄道に乗る機会が少なくてね。ここもうじき廃線になるって聞いて、それじゃ乗ってみるかと思って来たんだが……」

とんだ災難に遭った、と言うように下山は溜息をついた。どうやら下山は本格的な鉄チャンではなく、廃線の報道に誘われてたまたま乗りに来ただけの有閑人らしい。それなら、運が悪いとしか言いようがなかった。

浦本が何か言葉を返す前に、列車は次のトンネルにさしかかった。さっきのトンネルはだいたい真っ直ぐだったが、こちらは曲線である。左にカーブしながらトンネルに入り、そのまま曲がり続ける。

後ろに目をやると、後部の運転室の窓越しに見えていたトンネル入り口の明かりは、たちまち三日月状になり、すぐに消えた。前方に目を移したが、出口の明かりはまだ見えない。窓の外は、暗闇になった。

「ここだ」

突然犯人の声が聞こえたかと思うと、一呼吸置いてブレーキがかかった。下山が眉間に皺を寄せ、「やっぱり」と呟いた。キハ54はさっきの非常ブレーキとは異なり、衝撃もなく静かに停止した。

「えー、何。こんなとこで止めちゃうの」

女性客の一人が、不安げに車内を見渡した。犯人はここで何をするつもりだろう。彼はまだ運転室にいる。浦本は、ちらっと床に置かれたままのキャリーバッグに目をやった。今なら犯人に見られずにバッグを調べられそうだ。うまくすれば、爆薬を取り出すか、雷管を外すことができるのではないか。

浦本は首を振り、浮かんだ考えを退けた。犯人は、起爆装置を持っていると言っていた。振り向いてこちらがバッグを探っているのを目にしたら、爆破するかも知れない。

いや、バッグを置きっ放しにしている以上、いじられないよう何らかの予防措置が施してあると考えるほうが適切だ。バッグに手を出す勇気はなかった。

犯人が動いた。運転士を運転室から出し、自分もその後に続いて車室内に戻ってきた。二人の女性が、心配げな表情になる。犯人は運転士を女性客の向かいに座らせると、その場に立ったまま宣言するように言った。

「よし、みんな聞け。この列車は当分の間、ここに止まる。あんたらには、しばらく付き合ってもらうぞ」

「しばらくって、いつまでだ」

下山が聞いた。犯人は、馬鹿にしたような声音《こわね》で応じた。

「愚問だ。俺たちの用事が終わるまで、さ」

下山がなおも問いかけようとするのを、犯人が遮《さえぎ》った。

「質問はなしだ。言うまでもないが、ここから逃げるのも駄目だ。爆薬が脅しでないのは、さっき見ただろう」

そう言われては、黙るしかない。下山は不満そうに犯人を睨んだが、結局目を逸らして座席に座り直した。

浦本は何も言わないまま、俯いた。犯人は一渡り人質全員を睨んでから、ロングシートの端にどかりと腰を据えた。

浦本は安堵した。その位置からなら、浦本の手元は見えない。こっそりスマホを出すと、画面を確認した。やはりと言うべきか、「圏外」の表示が出ていた。これが、ここに列車を止めた理由の一つだろう。おそらく、運転台の列車無線も通じまい。この列車は現在、通信途絶状態に置かれているわけだ。これなら、人質の携帯を回収し電源を切る手間が省ける。

（どうやら、かなり練られた計画らしいな）

犯人は、さっき一つ、重要な情報を漏らしていた。「俺たちの用事」と複数形を使ったのだ。つまり、これは単独犯ではない。車外に仲間がいるということだ。

（その仲間が用事とやらを済ませるのを、待つんだろうか）

仲間は何人いるのだろう。「用事」とはいったい何なのか。目下のところ、それを知る術《すべ》はなかった。

第二章　初動

留萌駅から町の中心街とは反対方向へ、歩いて十分ほど。周りは普通の住宅街で、普段は通行する車の音以外は騒音もなく、ごく静かだ。そんな場所に、留萌警察署はあった。

クリーム色に塗られた鉄筋二階建て。高層の建物がほとんどない留萌市においては、充分に立派な施設だ。建物自体は中学校の校舎のようだが、屋上に立てられた通信用の高いアンテナと、敷地内に止められた数台のパトカーが、幾分かの物々しさをかもしだしていた。

旭川方面本部に属し、留萌市と小平町《おびらちよう》、増毛町《ましけちよう》を管轄区域とするこの警察署で扱うのは、交通違反か事故、軽微な窃盗、喧嘩、そういった程度だ。凶悪事件に分類される放火や強盗などは、年に一件あるかないか。平成三十年度の認知刑法犯の総数は、六十七（北海道警察HP犯罪統計）。これが三桁になることは、まずない。この国にいくつもある、地方のごく平凡で平和な警察署。それが日常だったはずなのだが……。

「これが悪戯じゃなく、事実だということは確認できたんだな」

報告を聞いた阿方雅之《あがたまさゆき》署長は、困惑を隠そうともせずに言った。

「複数の通報が、列車を降ろされた乗客からありましたので、間違いはありません。とりあえずPC《パトカー》を向かわせ、列車の現在位置を確認しようとしています」

阿方と同じか、それ以上に困惑している佐々木《ささき》刑事課長が答えた。

「乗客は恵比島駅にいるのか」

副署長の武田《たけだ》が確かめるように言った。佐々木が頷く。

「通報によりますと、列車が恵比島を通過して一キロほどのところで降ろされたので、線路を歩いて恵比島に戻ったということです。その間に、携帯から通報したと」

「それなら、深川の管内じゃないのか」

阿方は、期待を込めて身を乗り出した。留萌市と東隣の沼田町の境は、恵比島駅と峠下駅の間にある。沼田町は深川署の管内だ。つまり、これは深川の事件になるのではないか。

「いえ、それが、列車は乗客の一部を降ろしてから発車したそうで。こちらの管内に入った可能性が高いようです」

佐々木が済まなそうに言った。阿方は渋い顔をした。

「JRはどうしてる。JRに確認すれば、列車の正確な位置がわかるんじゃないのか」

武田が聞いたが、佐々木の答えは「目下確認中」だった。

「JRはこの件を、もう知ってるんだろうな」

阿方が念を押すと、佐々木は「もちろんです」と応じた。

「こちらからの連絡だけでなく、降ろされた乗客の何人かが直接、留萌駅と深川駅、ＪＲ本社にまで電話したようです」

「本社にまで？　番号をわざわざ調べたのか」

「そればかりか、ＪＲの非常用の沿線電話まで使ったそうです」

「普通の乗客が、そんなことまでするもんかね」

武田は疑念の表情になった。佐々木がそれを打ち消す。

「乗客はほぼ全員、留萌本線廃止のことを知って乗りに来た鉄道マニアらしいです。ＪＲの施設やシステムについては、職員並みに知悉《ちしつ》しているようですね」

「何だね、それは」

鉄道マニアの実態をよく知らない武田は、呆れ顔で嘆息した。

「で、ＪＲのほうはどんな様子だ」

阿方が尋ねると、佐々木は首を振った。

「混乱しているようです。何から手をつけるか、よくわかっていないんでしょう。緊急事態のマニュアルはあるはずですが、前代未聞の事件ですからねえ」

前代未聞なのはこっちも同じだ、と阿方は腹の中で呻いた。

（まったく、何てこった）

定年まであとほんの数カ月。この平和な警察署でキャリアを無難に終えるものと、昨夜までは思っていたのに。早朝の緊急連絡で、瞬時に台風の中に放り込まれるとは。

「失礼します」

警務課長が駆け込んできた。新たな動きがあったようだ。

「道警本部から連絡がありまして、うちに指令本部が置かれることが正式に決定しました」

阿方は天を仰ぎたくなった。

「お偉方は、札幌を出たのか」

「はい、一課長が指揮をとるそうで、ヘリでこちらに。SATも出動するということです。一課長は、一時間で到着します。他の部隊は車輌なので、揃うのに二時間以上かかります。それに合わせて、方面本部からも」

「それじゃ、本部は百人以上の規模になるな」

武田は時計を見ながら言った。

「設営を急いでくれ。佐々木課長、君は現場に行ってくれ。できるだけ情報を拾って早急に報告するように」

警務課長と佐々木は、了解しましたと返事し、すぐに出ていった。やれやれ、と阿方は息をつく。旭川方面本部をすっ飛ばして、初動から道警本部が出てきたか。道内での交通機関の乗っ取りは、二十五年も前の函館空港ハイジャック事件以来だ。それと比べると、人質の数ははるかに少ないとはいえ、本部がいかにこの事件を重大視したかがわかる。

（考えようによっては、今回のほうが大変だろう）

函館の事件は、思いつきのような無計画の犯行だった。が、この事件はそんないい加減なものではないようだ。

阿方は立ち上がり、窓辺に寄った。外は綺麗な青空だ。自転車で登校する学生が連れ立って、目の下を通り過ぎた。仕事に行く車が、次々に前の道路を通る。天気も町も、変わらず穏やかだ。

（どうしてよりによって、うちの管内で……）

阿方は盛大に溜息をついて、天と犯人を同時に呪った。

（しかも、留萌本線か）

もう何年も、乗ったことはない。それが廃線間近の今、こんなことで関わろうとは。


浦本と下山、女性客と運転士の合わせて五人は、前部のロングシートに通路を挟んで向き合う形で座った。進行方向に向かって左手に女性客、右手に男三人。自然に、男女別になった。犯人の男は、すぐ後ろのクロスシートに陣取り、片手にダイナマイト、足元にキャリーバッグを置いてこちらに顔を向けている。表情を読まれたくないのか、サングラスをかけたままだ。

五人は、落ち着きなく目をあちこちに動かしている。赤崎《あかさき》というネームプレートを付けた運転士は、申し訳なさそうに縮こまっていた。この状況は彼の責任ではないのだが、この場にいるJR職員は彼だけなので、恐縮するのもわからなくはない。

（この緊張感、疲れるな）

黙ったまま俯き加減になって、浦本は思った。犯人を刺激したくないので、目は合わせないようにしているし、声も出していない。しかしこのままでは、ストレスで吐きそうになる。何でもいいから、事態が動かないものか。

「あー、その、喋ってもいいかな」

いきなり、下山が犯人に声をかけた。浦本は、ぎょっとした。このおっさん、何を余計なことを。犯人が怒りだしたら、どうする気だ。

だが犯人は、苛立った様子も声を荒らげることもなく、下山の要望を受け入れた。

「うるさくなけりゃ、構わん」

下山の顔が、ほっとしたように綻んだ。

「それじゃあまず、あんたはどうして……」

「俺には話しかけるな！」

ぴしゃりと言われ、下山は身を竦めた。浦本も冷や汗が出た。頼むよおっさん、調子に乗らないでくれ。

　下山は犯人に失礼したと詫び、女性客の方を向いた。

「あー、私は下山正明《まさあき》と言います。旭川から来てます。あなた方は」

　二人の女性客は、一瞬顔を見合わせ、小さく頷き合ってから答えた。

「私、芳賀敦美《はがあつみ》です。札幌からです」

「えーと私は、多宮由佳《たみやゆか》です。私も札幌です。こっちの敦美と、同じ学校です。この電車に乗るのに、昨夜は旭川に泊まってました」

　学生か、と浦本は納得した。何となく、会社員のようには見えなかったのだ。芳賀は茶髪のポニーテールで化粧薄め、多宮は肩下までの黒いストレートヘアで、化粧濃いめ。そうした差はあるが、雰囲気は似通っている。年格好からいうと、専門学校生か大学生だろう。

　そこで他の四人がこっちを見ているのに気づき、急いで言った。

「あ、その、浦本克己です。僕も札幌です」

　それだけ言った。ニートだなどと、言うつもりも必要もない。

「運転士の赤崎茂男《しげお》です。このたびは、こんなことになりまして……」

　最後に運転士が名乗り、帽子に手をやった。下山が難しい顔になり、それ以上言うなと目配せした。ハイジャックのことに触れるのは、犯人が嫌がるだろう。赤崎は、了解したようで口をつぐんだ。

五人が自己紹介を終えると、下山はそうっと犯人を見た。が、話しかけるなと言われたので口は開かない。目だけで何か伝えている。すると犯人が気づき、チッと舌を鳴らすと、ぶっきら棒に言った。

「山田《やまだ》だ」

浦本は驚いた。犯人が名乗るとは。

しかし、すぐに考え直した。本名であるはずがない。コミュニケーションが必要になったときに備えた、符号のようなものだろう。あるいは、捜査の攪乱のためか。

下山は、わかったと頷き、山田と称した男から視線を戻した。

「あのー、下山さんと浦本さんは、乗り鉄なんですか」

ふいに芳賀が尋ねてきた。浦本はびくっとしたが、下山は笑みを浮かべた。

「いや、乗り鉄というほど大層なもんじゃないんだが、鉄道に乗るのは好きなほうでね。ここが廃線になると聞いて、一度くらいは乗ってみようと思ったんだよ。定年退職する前は、これでも銀行の支店長をしてたんだが、まあその時分の忙しさと比べたら、ヒマでねえ」

鼻につく言い方だ、と浦本は思った。以前のバイト先で、たいした地位でもないのに、やたら偉ぶる主任がいた。支店長というのはそれよりずっと偉いだろうが、どこか似た臭いがした。

「えー、悠々自適っていう、あれですかあ。いいなあ」

「いや、それほど結構なもんじゃないよ」

下山は満更ではない様子で、今度は浦本を見た。浦本は仕方なく答えた。

「あー、僕はまあ、乗り鉄です。時々、撮るほうもやるけど」

仕事の話などにならないよう、質問を芳賀たちに返した。

「あなたたちは」

「えっと、私たちも廃線だって聞いて、乗りに来たんですけど。乗り鉄ってほどでは」

そうは言っているが、乗り鉄という言葉を普通に使っているところを見ると、ずぶの素人でもないだろう。

その一方、この気動車を電車と言ったのだから、本格派の「鉄子」では絶対ない。

「スマホで撮影してたねえ。動画ですか」

下山が聞いた。多宮が、「ええ」と答えた。

「廃止になる前の様子を撮って、ユーチューブに上げようかな、なんて」

「ああ、なるほど。最近はそういうのが流行ってるんだなあ。私なんか、いわゆるIT音痴だから、そっち方面は全然駄目で」

下山が頭を搔いた。下山の世代だと、ITへの転換で苦労したのかもしれない。浦本も

ＩＴが得意とは言えないが、好き嫌いというより懐具合のせいだった。

「えー、やったら簡単ですよぉ」

芳賀が笑いながらスマホを取り出した。何でこれがわからないのか、不思議でしょうがない、とでも言いたそうだ。下山は少し気分を害したようで、「いやいや、聞いてもすぐわからなくなるんで」と手を振った。どんな些細なことでも、年下相手に上から目線で見られるのが、不愉快なのだろう。どいつもこいつも、今の状況を考えろ、と浦本は苛立ちを覚えた。ちらりと山田を見る。山田は、無関心な様子で黙り込んだままだ。

浦本は腕時計を確かめた。ここに停車してから、一時間ほど経っている。外の状況は、どうなっているだろう。他の乗客が降ろされた場所は、携帯が通じる。彼らは列車が動き出すとすぐに、一一〇番通報したはずだ。今頃はもう、緊急配備が敷かれているに違いない。

警察はこちらがトンネル内にいることに、もう気づいているだろうか。カーブしたトンネルの中央に止まっているため、出入り口の明かりは見えない。警察の投光器が列車を照らし出すのを、浦本は今か今かと待った。

「現状、こちらでわかっていることをまず教えてもらえますか」

挨拶を玄関先で済ませ、署長室に入った北海道警察捜査一課長、安積則正《あさかのりまさ》警視は、開口一番そう言った。時間は一分でも惜しい、そういう態度だ。それも当然だろう。列車が乗っ取られてすでに二時間以上が経過している。なのに、これといった対策は打てていないのだ。

「列車はここ、恵比島駅と峠下駅の間にある、峠下トンネルの中に停車していると思われます。恵比島で降ろされた乗客の証言によると、犯人は一人。人質は運転士と、乗客の六十代と思われる男性一人、二十代から三十代と思われる男性一人、二十代前半と思われる女性二人の、合わせて五名です。現在、こちらからPC二台で署員八名を出し、峠下駅側からトンネルに向かわせています」

武田副署長が、テーブルの地図を示しながら説明した。声がだいぶ緊張している。本部の一課長に直《じか》に説明する機会など、まずないのだ。

「じゃあ、まだ列車そのものは確認できていないんですな。目視もできていないと」

安積が鋭い声で指摘した。武田は、首を竦めるように「その通りです」と答えた。安積は傍らに座る、補佐を務める柳沢《やなぎさわ》巡査部長を見た。

「ヘリからは何と」

「はい、線路上には、峠下駅に停車中の車両が一台、確認できるだけということです。これは、問題の列車と峠下で行き違う予定の上り列車です。やはり、トンネルの中で間違いないでしょう」

安積が頷く。安積を乗せてきたヘリは、災害対策用のヘリポートに安積たち一行を下ろしたあと、留萌本線上を監視のため飛行中だった。

「JRの運転指令室は」

安積がさらに聞いた。JRの指令室なら、列車がどこにいるか確認できる方法があるだろう。

「指令室に向かわせた捜査員はまだ到着していませんが、先に電話で確認しました」

柳沢が手帳を広げる。

「留萌本線は集中制御方式を導入していて、通常この方式だと、信号の区切りごとに、表示盤に列車の存在を示すランプが灯ります。ですが、留萌本線はローカル線なので、札幌近辺のように細かい表示が出ません。特殊自動閉塞式と言うそうですが、行き違いのできる駅を通ったか通っていないか、それを確認できるだけだそうです」

「つまり、列車がどこにいるか、明確な位置は指令室ではわからん、というわけか」

柳沢の長い説明に、安積は苛立ったような声を出した。柳沢は臆した様子はなく、「そうです」と言い切った。

「列車は、無線を備えてるんだろう」

「はい。ですが、山の中やトンネルでは使用できないそうです。現に、呼び出しても応答がありません」

「ではとにかく、峠下トンネル内に列車がいるものとして、配備を進めましょう。蒸発したわけはないのだから、そこにいるはずです」

テロやハイジャックを扱う特殊事件捜査係の班長を務める、門原《かどはら》警部が言った。安積が即座に、「それでいい」と応じた。

「トンネルに近づく道はないんですか」

門原が地図を睨みながら聞いた。武田がかぶりを振る。

「留萌本線に並行する道路は、峠越えのところだけ南に離れていまして、あの辺《へん》に道はないんです。トンネルの前後で、細い林道が線路を横切っていますが、いずれもトンネルから何百メートルも離れています」

「その林道、車は通れるんですか」

「小型の四駆車なら。大型は無理です」

門原は顔を顰めた。

「トンネルに接近するには、線路を行くより仕方がないようですね」

それだと、気づかれないようこっそり近づくのは難しい。だが、安積は「構わん」と言った。

「どのみち、最後はトンネルに入らにゃならん。列車がヘッドライトを点けていれば、その時点で丸見えだ」

「確かに」

門原が了解し、携帯電話を出して、こちらに向かっている部下たちに指示を与えた。

(こうしてみると、対照的だな)

阿方は安積と門原を見比べて、面白がっていた。門原はいかにも強行犯相手の現場指揮官らしく、肩幅が広くブルドッグのようないかつい容貌だ。それに対し、安積のほうはスリムな体型で背も高く、俳優のような整った顔立ちだ。ノンキャリアながら、高級官僚と言っても通りそうな見かけだった。年齢は、確か阿方より七つは下のはずだ。

(同じ警視でも、ロートルの田舎署長の俺とは、やっぱり違うな)

阿方はだいぶたるんだ自分の体型を意識していた。ノンキャリアでも安積のように、エリートはエリートらしく見えるものだ。この部屋の主《ぬし》でありながら、今は脇役の阿方は、どこか超然とした気分で安積たちの様子を眺めた。

「で、メディアのほうだが」

安積が話を変えた。

「SNSでは、もう情報が広がっています。恵比島で下ろされた乗客が、警察への通報後に次々と投稿したようで」

柳沢が、苦い顔で報告した。

「まあ、それは想定通りだ」

安積は、達観したように言った。SNSなどというものが発明されたおかげで、秘密裏に事を運ぶのがどんどん難しくなっている。一般人に知られたら、報道協定など役に立たないのだ。

しかも相当部分、思い込みや誤認、フェイクが混じっている。受け取り手には、どれが事実かなど確認のしようがないまま、情報拡散は続く。それが捜査の妨げになることも少なくない。

だが規制は追い付かず、そういうものだと認識しながら事を進めるしかないのが現状だった。

「テレビのニュースではまだ出ていませんが、本部の記者クラブからだいぶ突き上げを食らっています。まだこっちには情報がほとんどないので、広報官は大変でしょう」

柳沢の言い方は、どこか他人事のようだ。しかし移動中に漏れなく状況把握をしていたらしいのは、さすがと言うべきだろう。

「こっちへの問い合わせは、ありませんか」

安積が問うと、武田がすぐに答えた。

「それを申し上げようとしていたんですが、三十分ほど前から電話が入り始めています」

「当面、状況確認中とだけ応答してください」

武田は、承知しておりますと胸を張った。どのみち電話で何を聞かれようと、それ以外に応答することがない状態なのだ。

（昔と違って、状況の動きが早過ぎる）

阿方は戸惑いつつ嘆息した。自分も若い頃、刑事部に所属して捜査の第一線に立ったこともあったのだ。しかし今、もし捜査を指揮する事態になったら、自分は対応できるだろうか。

（老兵の出る幕は、なさそうだな）

阿方は時代に追い越されたことを、今さらながらに痛感していた。


とりあえず自己紹介は済ませたものの、それ以後の会話は盛り上がらなかった。当然と言えば当然だ。爆薬を持った男と狭い車内にいるのだから、楽しい気分になろうはずがない。下山は時折、山田を睨みつけているが、山田は気にする様子もなかった。芳賀と多宮は、じっとしているのに飽きたようで、落ち着きなくごそごそしている。下山はその二人にも、腹立たしげな視線を投げた。

（落ち着いてくれよ、どいつもこいつも）

そう思いながら、浦本自身も苛立ちを感じていた。警察はいったい、何をしてるんだ。

状況は、もうとっくに承知しているだろうに。このトンネルは曲がっているせいで、外から奥が見えない。一見したところ、列車が止まっているのはわからないはずだ。山田が停車位置にここを選んだのは、そのために違いあるまい。

だが逆に、トンネル出入り口を警察の機動隊が固めていても、こちらからは全く見えない。山田はそれでいいのだろうか。

浦本は、ふと思案した。山田は、爆薬以外の武器を持っていないようだ。隙をみて男三人で飛びかかれば、起爆装置を操作する前に押さえ込めるのではないか。

浦本はそっと山田の様子を窺った。山田はただ、じっと座っている。しかし、何時間も緊張を持続するのは困難のはずだ。トイレにだって行くだろう。そうだ、やってやれないことはあるまい。そうすれば、俺はヒーローだ。人生を変えるにはそんな賭けも……。

山田が身じろぎした。浦本は、ぎくりとして固まった。動いた拍子に、山田がベルトに大型のサバイバルナイフを差しているのが見えたのだ。浦本は顔をひきつらせた。どうやら、表情から自分が何を考えているか、読まれたようだ。わざとナイフが見えるよう、身をよじったに違いない。

浦本は目を逸《そ》らし、肩の力を抜いた。やはり、余計なことは考えないほうがいい。君子危うきに近寄らず、で今まで過ごしてきたのだ。ここに至って、成功率の低そうな冒険をする必要がどこにある。ここはただ、警察を待つ。それしかない。

車輌を連ねてこちらに急行中の部隊から、連絡が入った。深川留萌自動車道の留萌インターに近づいたので、五分以内に到着できるという。

「講堂のほうで本部設営は完了していますので、直接そちらに入っていただきます」

武田が言うと、安積は鷹揚《おうよう》に頷いた。

「お世話かけます。揃い次第、ブリーフィングを始めるので」

武田が、承知しました、と返事した直後、署長席の電話が鳴った。阿方は「失礼」と言って立ち、受話器を取った。

「はい、阿方だが」

「署長、犯人らしき人物から、代表番号に電話が入っております」

受話器の向こうの署員の声は、かなり慌てていた。驚いたのは阿方も同じだ。

「何だって。ここへか」

「お回ししますか」

「SNSだか何だかで事件を知った、お調子者じゃないのか」

事件が大きいほど、そういう悪戯をする輩《やから》は出てくるものだ。

だが、署員は否定した。

「トンネルで止まっている列車の件、と言っております。具体性が高いかと」

阿方は急いで頭を回転させた。恵比島で降ろされた連中は、トンネルで列車が止まったことは知らないはずだ。憶測が流れているかもしれないが、電話の相手が明確に言い切っているなら、聞いてみる価値はあるだろう。

「わかった、回してくれ。逆探は大丈夫だな」

言わずもがなだが、念を押した。そのやり取りで、安積たちも何事なのか気づいたようだ。厳しい顔を阿方に向けてきた。

「もしや、犯人からですか」

阿方が頷くと、門原が手を差し出した。

「代わっていただけますか」

一瞬ためらったが、阿方はスピーカーフォンに切り換え、録音ボタンを押してから、受話器を手渡した。

「はい」

門原が応答すると、いきなり早口の声がまくしたてた。

「署長さん？　それとも、道警の一課の人かな」

一課か、と聞かれ、一瞬ひるんだ様子を見せた門原に、安積が黙って頷いた。門原が了解し、受話器に返答する。

「一課の者だが、あんたは」

「田山《たやま》と言っておこう。これから留萌本線の列車の件については、俺が連絡する」

「あんたは犯人の一味か」

列車は通信途絶状態に置かれているはずなので、そこに乗っている犯人ではあり得ない。

「聞くまでもあるまい」

「これが悪戯でないと、どうして証明する」

「証拠を出そう。恵比島で爆発させた、ダイナマイト。出所は、天塩《てしお》の天北採石会社の採石場だ。調べりゃすぐわかる」

聞いていた一同の顔が、一斉に強張った。これは本物だ。

「爆薬は、そこで調達したのか」

「ああ」

「要求は何だ」

「慌てるな。後で連絡する。もうこっちの場所は摑んでるだろ。長く話す気はない。ま、最初の挨拶みたいなもんだ」

そこまでで、いきなり電話が切れた。門原は舌打ちし、受話器を置いた。

「すぐに探知されることを、知ってるようだな」

安積の声は落ち着いている。昔々、電話交換機が機械式だった頃は、逆探知に数分以上かかった。ちょっと前の刑事ドラマでも、逆探知を警戒した犯人が短い通話で切り、刑事たちが残念がるシーンがよく出てきた。今は交換機もデジタル化され、発信元の特定など、ほとんど瞬時で可能だ。

携帯ならGPSの位置情報が出せるので、さらに簡単である。ただし、通話しているブロックがわかるだけなので、固定電話のようにピンポイントでは探せない。必要なのは割り出した場所に駆け付ける時間だけで、田山という男の口ぶりからは、それをよく承知していることが窺える。

「田山というのも、当然偽名でしょうな」

阿方は一応、言ってみた。案の定、当たり前だろう、という視線が返ってきた。

「偽名と言うより、符牒みたいなものでしょう。次に連絡してくるときの識別符号にすぎん」

安積は、そんな風に切って捨てた。ちょうどそのとき、道警本部からの車列と方面本部の車列がほぼ同時に、署の正門から続々と入ってきた。

留萌署の講堂には、三十人余りの人数が詰めていた。現場に出ている者も含めると、動員された捜査員は予想通り、百名を大きく超える。列車のいるトンネルを囲む機動隊やSATが到着すれば、さらに倍以上に膨れ上がる。道警久々の大捕物だった。

「事態は刻々と動いている。ゆっくり捜査会議などしている暇はない。わかった事実はその都度ここで伝えるので、必要な出先に回せ」

はい、と全員が大声で返事した。前面に出て動き回るのは、道警本部の面々だ。留萌署のパトカーは現場周辺の交通規制に当たっている。安積と並んで座る方面本部の菅井《すがい》捜査課長は、もともと堅苦しい顔をさらに硬くしていた。安積に捜査指揮を持って行かれたのが、やはり面白くないのだろう。道警本部長の命令でもあるし、同じ警視でも安積のほうが先輩なので、はっきり顔に出したりはしないが。阿方も安積の傍に座ってはいるものの、添え物のような感じで、むしろ気が楽だった。

「田山の電話の発信元、特定できました」

捜査員の一人が、摑んでいた受話器を置いて声をあげた。が、その顔には戸惑いが見られる。

「どこだ。現場はもう押さえたんだろうな」

「それが、東京の新宿にある公衆電話です」

「東京？」

門原が、虚を突かれたような顔をした。阿方も少なからず驚いた。てっきり、この周辺から携帯でかけてきたと思っていたのだ。

「なるほど。あちらさんは、いろいろ頭を使っているようだな」

安積はまるで面白がるように言った。

「外にいる仲間が連絡役を務めるなら、どこにいてもいいわけだ。どのみち列車とは連絡ができないんだから、事前に相当綿密な打ち合わせをしておいて、独自に動いてるんだろう」

「で、警視庁はその公衆電話を現認してくれたのか」

門原が念を押す。

「はい、今のはその連絡でした。現場に着いたのは、電話が切られてから十分近く経ってからなので、田山の姿は捉えられていません」

「まあ……最初は仕方ないな」

まさか東京に仲間がいるとは思わないから、事前に協力要請などしていない。警視庁も寝込みを襲われたような格好だ。

「次からは、こっちが連絡次第、動いてくれるんだろうな」

「それは大丈夫のはずですが」

「いったい東京には、公衆電話が何台あるのかな」

阿方がぼそっと漏らすと、安積が、半ば諦めたような口調で言った。

「以前よりかなり減ったとは言え、一万台以下ということはないでしょう」

これが留萌市内なら、公衆電話も二、三十台しかないので、全部の電話を見張ることも可能だ。東京では、どう考えても不可能である。どの電話か判明次第、所轄の署員を向かわせても、新宿や渋谷の雑踏の中なら、電話を切ってほんの二メートルも離れてしまっていれば、もう田山の特定はできなくなる。

「課長、恵比島の爆破現場の鑑識班から最初の報告がきました」

別の捜査員が現場とのやり取りを終え、安積に言った。

「やはりダイナマイトに間違いないか」

「はい。採取したものを持ち帰ってさらに分析しますが、事業用ダイナマイトでまず間違いなかろう、ということです」

「天北採石はどうなってる」

頷く安積の横で、これは俺の領分だとばかりに菅井が叫んだ。田山が言った天北採石株式会社は天塩郡幌延町《ほろのべ》にあり、旭川方面天塩署の管内だった。

「それが、生憎今日は休みでして。いま、社長の連絡先を調べています」

「休み？　今日は平日だが」

「納入先に合わせるので、休みの曜日は決まっていないんです。だいたい六カ月前くらいに休日の予定を組むそうですが……」

「そいつは間が悪いな。採石場に誰か行かせたのか」

「幌延駐在所から巡査が。天塩署からもＰＣが向かってますが、採石場には誰もいないかと……」

「わかった、もういい。社長でも誰でも、とにかく大至急摑まえろ」

菅井は、苛立ちも露わに手を振った。阿方は、北海道の広さが恨めしくなった。この留萌の本部から幌延までは、百五十キロかそこら。旭川からも百七、八十キロあるだろう。何しろ、札幌の道警本部を警視庁に置き換えれば、留萌は静岡、幌延は名古屋ぐらいに当たるのだ。

なのに新幹線もなければ、高速道路も途中までしかない。隔靴《かっか》掻痒《そうよう》だが、捜査範囲がこれだけ広域に及ぶと、短時間で動くには所轄に頼らざるを得ない。

（この距離も休業日のことも、犯人は計算に入れていたのだろうか）

留萌に始まり、東京に幌延。さて、次は何が出る。

第三章　待　機

浦本は、また時計を見た。午前九時を過ぎたところだ。さっきから、ほとんど十分おきに時間を確かめている。焦っても仕方がないと思うが、手持無沙汰だとつい、腕時計に目が行ってしまうのだ。

警察はまだか、と考えることもやめた。とっくにこのトンネルの前後は、機動隊が固めているに違いない。トンネル内に入ってくる様子がないということは、爆薬を警戒して突入を避けているのだ。

（この爆薬、本物なんだろうな）

浦本は、山田の足元のキャリーバッグに目を移した。山田は手に、電気コードの付いた箱状の物を持ったままだ。時折もう片方の手で、それをとんとん、と叩いている。さっきは導火線を使っていたが、これは電気雷管に接続しているのではないか。

「何だ。何を見てる」

浦本の視線に気づき、山田が咎《とが》めるように言った。

「あ、いえ、別に」

浦本は慌てて視線を逸らした。山田が、ふん、と鼻を鳴らした。

「バッグが気になるか」

「あ、それはその……」

否定しようとしたが、思い直した。爆破すると脅されている以上、爆薬が気になるのは当然ではないか。

「気になります。どんな爆薬が入ってるのかって」

それを聞いた下山が、目を剝いた。

「おい君、余計なことは言わずに……」

「気になるなら、見せてやる」

山田が下山を遮って言った。口元に薄笑いが浮かんでいる。下山が、もう一度目を剝いた。芳賀と多宮もこれを聞いて、さっとこちらを見た。

山田は俯き、バッグのジッパーをゆっくりと開けた。

「さあ、よく見ろ」

バッグを開き、中が見えるように浦本たちに示した。全員が席を立ち、その周りに集まった。そこには、青いビニールに包まれた肥料袋ほどの大きさの塊と、ダイナマイトらしきもの一本が入っていた。よく見ると、リード線やランプがいくつか付いたボックスが、隅に突っ込まれている。山田はポケットから小さな箱を出し、ちらりと示してまた戻した。起爆装置なのだろうか。

芳賀と多宮が、スマホを構えて身を乗り出してきた。

「あ、あのー、これ撮っていいですか」

下山が、今度はさっきより大きく目を剥いた。

「君たち、何を考えて……」

「構わん。撮ったらいい」

下山も浦本も、驚いて山田を見た。山田は平然としている。撮らせていいのか、と浦本は思ったが、よく考えると、ここからはユーチューブどころかどこへも送信できないのだから、気にする必要はないのだろう。

「あっ、それじゃ、撮りまーす」

芳賀がスマホをバッグの方へ突き出した。

「わっ、すごいすごい。めっちゃ爆薬なんですけど」

「ヤバーい。ホンモノ？　これ爆発したら、どうなるのかな」

質問でも会話でもなく、ユーチューブ向けに台詞を入れているようだ。そのへんがよくわかっていないらしい下山が怒ったように言う。

「ちょっと君、不謹慎じゃないかね。もし爆発したら……あー、こっちは撮らないで」

スマホを向けられた下山は、手で振り払った。

「あ、サーセン」

芳賀はすぐにスマホを爆薬に向け直した。

「あの、これってホントに、爆発するんですよね」

「爆発するさ」

山田は、あっさりと答えた。

「えっとー、どのくらいすごいんですか」

「ここにいる全員、バラバラになる程度の威力は充分にある」

平然と言い放ったので、それまで黙って聞いていた赤崎が身を竦めた。

「ええとその、車両が吹き飛ぶんでしょうか」

赤崎がおずおずと聞く。山田は再び薄笑いを浮かべた。

「そうならないことを、祈るんだな」

赤崎は口をつぐみ、引っ込んだ。

「こんなの、どこにあったんですか」

代わって芳賀が、また遠慮なく聞いた。

「天塩の採石場だ」

「サイセキジョー？　あ、もしかして、石を掘り出すところ？」

「掘り出すんじゃなく、切り出すんだが」

「そこって、爆薬使うんですか」

「ああ」

「どうやったら、爆発するんですか」

「それは教えない」

えー、知りたい、と言いかけるのを、多宮が小突いて止めた。さすがに常識が働いたらしい。下山は目を白黒させている。

いきなり山田が、浦本に言った。

「おまえ、バッグの中が本当に爆薬なのか、疑ってただろ」

「えっ、いえ」

図星をさされ、浦本はうろたえた。

「もう納得したよな」

「は、はい」

山田は、小馬鹿にしたように笑った。浦本の背中に、冷や汗が滲み出た。やはりこの山田という男、侮らないほうがいい。

いささか委縮して、おとなしく座席に戻った。芳賀と多宮は、今しがた撮った動画を確認しているようだ。が、ふと顔を上げた。二人とも、眉をひそめている。何だと思ったとき、芳賀が山田に向かって言った。

「あのー、何かすっごく臭うんですけど」

「……この留萌本線の列車、ええと、列車番号がありまして、4921Dというんだそうですが、気動車一両だけの列車でして、これが今、恵比島駅と峠下駅の間のトンネルに止まっているわけです」

「ええ、現地の新井《あらい》さん、犯人は一人という情報がありますが、そのへんはどうですか」

「はい、捜査本部で聞いたところによりますと、列車にいる犯人は一人ですが、他にも仲間がいるという情報もありまして、まだ錯綜しています。もうしばらくしますと、記者会見が行われる、ということですが……」

本部に置かれた大型テレビには、まさにこの留萌署の正門前で中継するレポーターが、スタジオとやり取りする姿が映っていた。阿方はさりげなく立って、窓辺に寄った。画面の中のレポーターの後ろ姿と、カメラマンや音声係のスタッフたちがすぐ下に見えた。数メートル離れたところに、他の局のクルーの姿もある。

「記者会見するなんて、誰か言ったか」

菅井が、腹立たしげな声を出した。広報担当官が困った顔をする。

「もう全国に流れているんです。人質の家族も、気づいて連絡してきています。各社の記者連中も、階下《した》に三、四十人集まってます。いつまでも何も言わないわけにはいきません」

「やれやれ、まだ現状説明ぐらいしかできんぞ」

「それだけでも、重要です」

会見場には、阿方も同席せねばならないだろう。まあ、ほとんど喋ることはあるまいが。

「まさか、現場のほうへ抜け駆けしている記者はいないだろうな」

菅井が眉根を寄せて確かめると、広報担当官は「それはないです」と請け合った。

「人質事件ですからね。SNSはどうにもなりませんが、人命最優先の報道協定は生きてます。各局のクルーも記者も、この署に足止めしてありますから」

その代わり、署にいる我々は常時、カメラに狙われるわけか。阿方がそう思ったとき、署員の一人に案内された男が三人、本部に入ってきた。一人は背広だが、あとの二人は制服だ。協力要請したJRの職員に違いない。気づいた安積が、立ち上がって迎えた。

「遅くなりました。JR北海道の八木沢《やぎさわ》と申します。このたびは、お世話をおかけします」

背広姿の四十くらいの男が、まず名乗った。事務方の管理職らしい。制服の二人は、車両と線路の技術者だった。

「北海道警の安積と申します。こちらの指揮を執っております。ご足労いただきまして、どうも」

「いやあ、表はマスコミで大変ですね。この方に案内いただいて、裏の消防署側からこっそり入ってきました」

安積は案内役の署員に「ご苦労さん」と言って下がらせ、取り急ぎ名刺を交換すると、「こちらへ」と大型のテーブルを示した。八木沢は心得て、手にしていたブリーフケースをテーブルに載せて開き、折り畳んだ紙を出した。

「こちらが、車両竣工図面です」

阿方もテーブルに寄り、広げられた図面を覗き込んだ。図の上に、「形式キハ54」という字が見える。乗っ取られた車両だ。

「連結器を除き、車体長は二〇・八メートル。幅は二・八メートルです。運転室が両側にありまして、ここにトイレがあります。運転室の背後がデッキで、ここに旅客の乗降する扉があります」

八木沢は慣れた様子で、車両の概略を説明していった。

「その扉なんですが、外から開けられますか」

熱心に聞き入っていた、SATの友永《ともなが》隊長が言った。突入の方法を、頭の中で組み立てようとしているのだろう。隊員は外に止めた車輛で待機しているはずだ。

「ええ、大丈夫です。車体の下に、車内にある非常コックと同様のものがついていて、それを捻ればドアは手で開けられます」

　車両部員が答えた。

「扉の幅と、地面からの高さは」

「幅は八五〇ミリです。レール面からドアの下までが八八〇ミリ。地面からですと、ドアの下まで一メートル少しありますね」

　それだけの高さなら、踏み台がないと上れないなと阿方は思った。しかし隊長は、平然と頷いている。SATにとっては、障害にならないということか。

「ただし、音が出ますよ」

　八木沢が注意するように言った。

「音、ですか」

「ええ。コックを操作すると、ドアエンジンを動かす空気がタンクから抜けて、ドアを閉めている圧力がなくなります。それで手で開くようになるわけですが、空気が抜けるとき、どうしてもシューッという音がするんです」

　ああ、電車のドアを開け閉めするとき、床下から聞こえる音だな、と阿方は納得した。

「大きいですか」

「結構、大きいですね。車内には、間違いなく聞こえます」

　隊長は難しい顔で、思案した。

「コックをそうっと、ゆっくり動かせば、音は抑えられますか」

八木沢が車両部員のほうを向く。車両部員は少し考えてから、「それなら大丈夫でしょう」と答えた。隊長は満足したようだ。

「客用扉から車内に入ると、そこはデッキです。車室との間に仕切りの扉があるので、それを開けて車室に入ることになります」

「その扉、鍵はかかるんですか」

「かかります。でも、鍵は各車共通ですから、こちらで用意できます」

「それは助かります」

隊長の頭の中には、早くも突入作戦のイメージが出来上がりつつあるようだ。

「犯人が車両の真中にいるとすれば、デッキから七、八メートルあるぞ。起爆前に無力化できるか」

安積が確かめるように尋ねた。隊長は、ほんの一瞬だけ考える素振りを見せたが、すぐ自信ありげな顔になって答えた。

「やれます」

「犯人が爆薬以外に武器を持っているかどうかについては、情報がない」

「むしろ爆薬以外の武器を使ってくれたほうがありがたい。隙ができます」

「トンネル入り口から、車両に接近するときはどうだ。トンネルの壁面には身を隠す場所がない。向こうはヘッドライトを点けているようだから、ライトの届く範囲に入れば丸見えだ」

「犯人が一人なら、車両の前後を同時に見張ることはできない。接近する方法はあります」

「監視カメラを持ち込んでいる可能性も、考慮せねばならんぞ」

なるほど、と阿方は独り頷いた。画像を無線で送れるカメラは簡単に手に入る。ノートパソコンを持ち込んで、前後の運転台に置いたカメラの映像を見ることは、可能だろう。これだけ綿密な計画を立てたなら、そのぐらいやっていると思ったほうがいい。

「それは、考慮します」

隊長は動じずに言った。

「トンネルはカーブしています。ヘッドライトが照らすのは真っ直ぐ正面ですから、死角はあるはずです。両側の入り口から静かに入り、壁沿いに進んで死角で待機します。時間をかければ、隙は必ず……」

「あの、ちょっとよろしいですか」

八木沢が口を挟んだ。部外者に話を聞かれていたと気づき、友永が渋い表情を浮かべた。

八木沢は構わずに続けた。

「トンネルの奥に入って待つのは、厳しいかもしれませんよ」

「何故です」

「あれは電車じゃなく、ディーゼル動車です。ライトを点けているならエンジンはアイドリング状態ですから、排気が出ます。トンネルの中で排気を出しっぱなしにしていたら、やがては煙突の中と同じような状態になります」

隊長の眉間に皺が寄った。

「煙は有毒なんですか」

「要するに排気ガスですから」

隊長が呻いた。排気ガスが充満したトンネルで長時間待機していたらどうなるかは、言わずもがなだ。

「ガスマスクのようなものは？」

阿方が聞いた。隊長がかぶりを振る。

「想定していなかったので、用意がありません。災害用の防煙マスクなら、取り寄せることはできますが……」

隊長は逡巡している。ガスマスクなど着けたら、当然、隊員の動きも鈍くなる。パフォーマンスは相当低下すると覚悟せねばなるまい。しかも、防煙マスク程度では排気ガスの中で数分しかもたない。

「視界も、だいぶ悪くなりますね」

阿方が言うと、八木沢が無論だとばかりに頷いた。

「そんな状態で、車内の人間は大丈夫なんですか」

安積が困惑した顔で尋ねる。

「換気口《ベンチレーター》を塞いでいれば、トンネル自体よりはましでしょう。しかし、特急用車両ほどは気密性が高くないので、あまり長くなると、やはり窒息の危険があります」

「ガス欠でエンジンが止まることはないんですか」

「始発列車でしたからねえ。車庫で満タンにして出庫したでしょうから、アイドリングなら結構もちます」

「何もかも、計算済みということか」

通信の断絶も含め、こうしたことをすべて考慮の上でトンネル内に立てこもったのだとしたら、予想以上に緻密に考えられた計画だ。安積は苦虫を嚙み潰したような顔になった。

「しかし課長、全部計算しているなら、トンネル内で窒息しかねないことも承知でしょう。ということは……」

門原が言おうとした意味を察して、安積が机を叩いた。

「数時間以内に方をつける計画ってわけだ」

安積と門原が、時計を見た。午前十時。二人の考えていることは阿方にもわかる。短期決戦なら、間《ま》もなく次の動きがあるはずだ。そして事態の流れは、加速度的に速くなっていくだろう。

「とにかく我々は、突入を前提に準備します」

ＳＡＴの隊長が、咳払いして言った。

「八木沢さん、同じ車両はありますか。シミュレーションに使いたい」

「あります。ちょうど、峠下であの列車と行き違うはずだった上り始発が、運転を打ち切って留萌に戻っています。全く同じタイプの車両です」

「ありがたい。それを使わせてください」

「わかりました。すぐ留萌駅に連絡します」

携帯を取り出しかけたが、八木沢はふと手を止めた。

「あの……突入の練習をするんでしたら、留萌駅構内は吹きさらしで、目隠しが何もありません。駅の外から丸見えですが、構いませんか」

「それは……」

友永は口ごもった。トンネルの中の犯人に見られることはないにしても、ＳＡＴの実戦訓練の動き方がテレビやＳＮＳで流れるのは、今後を考えるとまずい。

「深川にもう一両、同じ車両がいます。あっちは車庫の建物があるので、その中でできます」

「深川ですか……」

緊急走行しても、片道で一時間近く取られる。短期決戦という状況なら、この移動時間は厳しい。それでも、背に腹は代えられまい。

「わかりました。お願いします」

八木沢はすぐにその旨を深川駅へ連絡し、友永は部下と共に深川駅へ向かうため、部屋を飛び出した。

電話がかかって来たのは、その直後だった。

「課長！　犯人からです」

電話を取った若い捜査員が大声で怒鳴った。全員に、さっと緊張が走る。視線が集まるなか、門原がおもむろに受話器を取り上げた。

「はい、代わりました」

「やあ、田山です。要望を言いますよ」

スピーカーからさっきと同じ声が聞こえた。やはり前置きは一切抜きだ。

「どうぞ」

「交渉相手の指名です。道議会議員の、河出先生をお願いしたい」

「何だって？」

門原の眉が上がる。誰にとっても、予想外の話だった。

「どうして河出先生を……」

「理由はいい。とにかく河出を、そこに呼んでもらいましょう。次の連絡までに必ずね」

「いや、しかし河出さんは札幌に……」

「今は増毛にいる。すぐ来れる」

そこで電話は切れた。同時に、NTTに連絡していた捜査員が言った。

「東京、目黒の公衆電話です」

「わかった」

警視庁に連絡しても、まず間に合うまい。田山はこの先も、こうして東京各所の公衆電話を渡り歩くのだろう。

「どうしてまた、河出議員なんでしょう」

阿方は首を捻った。安積も門原も菅井も、明らかに戸惑っている。

「指名してきたからには、犯行動機に何か関わりがあると見ておくべきだろう」

安積の言うのはもっともだ。何しろ、増毛にいるという動静まで摑んでいるのだ。

「河出議員の周辺を洗います。恨みを持つ者や、嫌っている者をピックアップします」

「恨みを持つ者、ねえ」

勢い込む門原を、菅井が慎重に抑えた。

「河出議員は、与党会派のベテランです。長いこと議員をやっていれば、何かとあるでしょう。あの人は確か、建設会社の経営者から議員に転身したんですよね。旧式の利権政治家タイプなんじゃないですか」

「つまり、河出氏に含むところのある者は結構多いんじゃないか、と言いたいわけか」

安積は少し考えるように首を捻り、阿方に言った。

「河出氏が何か留萌本線に関わった、という話を聞いたことはありますか」

「そうですね……」

阿方も考えながら答えた。

「河出議員は確か、交通政策委員長ですね。専門は道路だと思いますが、留萌本線廃止についてJRが道に申し入れたとき、廃止容認を決めるのに関わったでしょう」

「それで留萌本線の廃止は河出議員のせいだと？　ちょっと無茶な紐づけでは」

菅井が疑問を呈した。

「おっしゃる通り無茶ですが、犯人には犯人なりの理屈があるんでしょう。何かこっちの知らない事情があるのかも」

阿方が返すと、菅井は唸って腕組みした。安積がそこで手を上げた。

「やっぱり、ここで考えても始まらんな。時間は限られてるんだ。まず本人をお呼びしようじゃないか」

「来るでしょうかね」

「人質の生命《いのち》がかかっている、となれば来るしかないさ。人命を救うため、自分が犯人と交渉して解決に導く。政治家にとっちゃいいチャンスだ。逃すことはしないよ」

安積は皮肉っぽく言うと、道警本部長に報告するため、電話を引き寄せた。

この臭いは、ディーゼルエンジンの油煙だ、と浦本はすぐに気づいた。ディーゼル動車で油煙の臭いがするのは当然なので、今まであまり気にしていなかった。が、芳賀に言われてみると、だいぶ臭いがきつくなっている。

「トンネルの中ですから、排気がこもってしまうんですよ」

山田が黙っているのを見て、赤崎が答えた。

「エンジンを切ったらいいだろう」

下山が、何をしてるんだという顔で赤崎を睨む。

「切ったら、ヘッドライトも照明も消えて、非常灯だけになります。許しちゃくれないでしょう」

赤崎は目で山田を示した。下山は、ふん、と鼻を鳴らして黙った。

「山田さんの指示で、二重窓を閉めて換気口《ベンチレーター》も閉じましたから、外よりましですが」

赤崎の言うように、この車両は冬季の防寒対策で窓が二重になっている。新型車両のような嵌《は》め殺しの窓には劣るが、外気を入れない設計が今は役に立っていた。

「でもぉ、ずーっとこのままだったら、煙が中まで入って窒息しちゃうんじゃない？」

多宮が心配そうに言った。

「それは……」

「わかってる。そうなる前に、終わらせる」

赤崎が返事しかけたところへ、山田が言った。そうなる前に、か。

「あの、どれくらいかかるんでしょうか」

怒られるのを覚悟で、浦本は聞いてみた。何の当てもなくここでただ待つのは、結構辛い。

「相手次第だな」

山田は怒らなかったが、答えは素っ気ない。相手とは、警察のことだろうか。

「ここ、通信が全然できませんけど、相手のことをどうやって知るんですか」

怒らなかったのをいいことに、さらに聞いてみた。下山が「おい」と止めに入ったが、浦本はそれを制して、山田を見つめた。

山田はしばらく何も言わなかった。しばらく前に、話しかけるな、と強い口調で言ったときに比べると、だいぶ落ち着いて、穏やかになったように感じる。現在のこの状況は、計画通りに運んでいるということだろうか。

「知る方法は、あるさ」

唐突に返事がきた。やはり、完全に隔絶されているわけではないのだ。しかし、どうやって？　テレビ、インターネットはおろか、ラジオすら入らないはずだ。電波はどれも届かない。ケーブルなど、実体のあるものがないと……。考えれば、答えは明白だった。

「やっぱり、外に仲間がいるんですね」

山田を除く全員が、はっと顔を上げた。下山がまた、「余計なことを言うのはやめなさい」と浦本の袖《そで》を引いた。山田の気分を害して、とばっちりを受けたくないのだろう。

「その話は、これまでだ」

山田はそう言い切って、唇を引き結んだ。下山が、そら見ろとばかりに浦本を睨んでくる。浦本は口を閉じて、そうっと退いた。だが、聞いた値打ちはあったようだ。

（否定しなかったな。さっきも「俺たち」と言ったし）

これほどの大ごとを一人だけで計画し、実行するのは無理がある。間違いなく複数犯だ。人質を隔離された場所に置いてアクセスできないようにし、身代金か何かの交渉をする。誘拐と同じようなものだ。誘拐と異なるのは、交渉役の仲間も山田と連絡を取る術《すべ》がない、ということだ。ゆえに、臨機応変な対処はできない。

だが逆の言い方をすれば、条件変更や一部解放などの交渉が不可能なため、警察側は、単にイエスかノーかの選択を迫られることになる。となれば、犯人側の要求が呑まれる可能性が高くなるのではないか。

（意外に、上手いやり方かもしれない）

浦本は妙に感心した。もう交渉は始まっているのだろうか。山田たちから出された要求は、何だろう。やはり身代金か。そこで浦本は、ふっと可笑しくなった。ニートの自分が、他の四人と平等に身代金の対象になるのだ。さて、山田たちはいったいいくらの値付けをしたのだろうか。

浦本はまた、山田の顔を見た。こうして落ち着いてみると、彼から凶悪な雰囲気は全く感じ取れなかった。思い出してみれば、恵比島でハイジャックを宣言するまで、山田は顔を晒していたのだ。そのときは、特別な印象は何も受けなかった。どこにでもいそうな、初老の男。それだけだ。

いや、それだけではないか。深川を出て間もなく、浦本はこの男の容姿に見覚えがある、と思ったのだ。さっきはすぐに思い出すのを諦めたのだが、もう一度、記憶をさらってみよう。浦本は正面から向き合わないよう体の角度をずらし、山田を凝視した。

（列車を乗っ取ったんだから、こいつも「鉄チャン」なんだろうな。模型鉄じゃなさそうだ。俺とどこかで会ってるなら、やはり乗り鉄か。黒ずくめの服装は葬式みたいだから、葬式鉄とか……）

そこで、閃《ひらめ》いた。何百人も集まったあの場所で、一人違う空気を漂わせていた男。そうだ。あいつに違いない。

また角度を変えて、今度は正面から山田を見た。山田は怪訝そうにこちらを見返したが、

「見るな」とか「あっちを向け」とかは言わない。ただ、黙っている。この様子なら、聞いても怒らないだろうか。

浦本は躊躇った。だがやはり、確かめておきたい。意を決して、問うた。

「あの……山田さん、夕張駅にいましたよね。夕張支線の廃止の日に」

山田の肩が、ぴくりと動いた。


「安積さん、やっと天北採石の社長が掴まりました。今、採石場へ向かってます」

菅井が安堵した様子で電話を切って、伝えた。

「そうか。社長は自宅じゃなかったのか」

「サロベツカントリークラブの三番ティーグラウンドから、無理やり引っ張り出したそうです。まったく、よりによって今日、ゴルフなんか」

相手はまさかこんな事件に巻き込まれると思っていなかったろうから、文句は言えない。

「手間はかかりましたが、あと十五分もすれば着くでしょう。火薬庫を確認次第、報告が来るはずです」

「よし。次は河出先生か。増毛からなら、三十分もかからんはずだが」

河出を引き出すのは、一課長では手に余る。本部長から直々に電話してもらっているが、古参の重鎮議員ともなれば、二つ返事で飛んでくるとまでは期待できない。

「ごねてますかね」

「恩着せがましく勿体をつける程度には」

菅井は、でしょうな、と言いながら笑った。政治家は好きではないらしい。自分が責任者として河出の相手をする立場でなくてよかった。そう思っている顔だった。

「まあ、そっちは来てからだ。階下はどうなってる。乗客の聴取は、全部済んだか」

安積が聞くのは、恵比島で降ろされた４９２１Ｄの乗客のことだ。車内の状況、犯人の様子などを聞き取るため、どうしても帰るという者を除いた七人ほどを、深川署の車輛でここまで連れて来てもらったのだ。

「ほぼ終わっていると思います。おい、誰か確認してきてくれ」

門原が、捜査員の一人に命じた。若い捜査員は小走りに階下に向かい、一分足らずで戻ってきた。

「あと十分ぐらいで終わりそうです。終わったら、乗客には帰ってもらいますか」

「帰ると言っても、列車は止まってるぞ」

「高速バスがありますし、迎えも呼べますから」

「ああ、そうか。いや、もうしばらくいてもらおう。確認したいことができるかもしれん。外へ連絡するのは構わんが、ここの様子をＳＮＳに流すのは駄目だぞ。そう言っといてくれ」

「承知しました」

捜査員はその旨を伝えるため、再び階下へ走った。それと同時に、安積のスマホが着信音を奏でた。発信者を見た安積が、居住まいを正した。

「はい、どうも本部長。河出先生の件ですか。ええ、ええ、はい。そうですか。ご面倒をおかけしまして、申し訳ございません。はい、了解しました。失礼します」

通話を終え、ふう、と小さく溜息をついた安積に、門原が聞いた。

「河出先生、腰を上げましたか」

「ああ。何で自分が呼び出されるんだと毒づいたそうだが、本部長に言っても仕方がないわな。人命に関わる重大事だと説得したら、急に態度を和らげて、協力するに吝《やぶさ》かでない、とのたまったらしい」

「うまく立ち回って、事件が解決したら自分が警察を指揮して奮闘したように話を脚色し、主役になろうって魂胆かもしれませんよ」

「どうかな。増毛を出てこっちに向かってるようだから、じきに着くだろう」

「捜査に余計な口出しをしないことを願うばかりですが……」

門原が言いかけたところで、今度は固定電話が鳴った。

「採石場からです」

電話を受けた捜査員が周りに向かって告げ、スピーカーフォンに切り換えた。

「天塩署刑事課長の牛島《うしじま》と申します。五分ほど前に天北採石の見和《みわ》社長と一緒に採石場に到着しまして、すぐに火薬庫の鍵を開けて中を調べたところ、爆薬十五キロ入りの袋が一つ、消えているのがわかりました」

神経を集中してスピーカーフォンから流れる声に耳を傾けていた捜査員たちから、ざわめきが起きた。

「道警一課長の安積だ。どんな爆薬だ」

捜査員に代わって安積が直に尋ねた。答える牛島の声に、緊張が混じった。

「は、アンホ爆薬というものだそうで、採石のため発破をかけるのに使うので、常時保管しているそうです」

爆発物担当の捜査員が、ああ、やっぱりか、と呟くのが聞こえた。安積はその捜査員を手振りで呼び、牛島にも聞こえるようにして言った。

「アンホ爆薬って、どんな代物だ」

「ええ、採石場などで使うには最も一般的な爆薬ですね。硝酸アンモニウムに燃料油を混ぜたもので、割合作りやすくて安上がりですから、テロでもよく使われます」

「そいつは物騒だな。相当強力なのか」

「爆速（爆発の伝わる速さ）は毎秒三千メートルほどで、ニトログリセリンの半分以下。爆薬としては威力の弱いほうです」

ます」


「爆発しやすいってことは」

「いえ、かなり安定していて、少々のことでは爆発しないので、運搬も楽です。火を点けたくらいでは何も起きません。電気雷管でも駄目で、起爆には普通、ダイナマイトを使います」

そこで牛島が電話から割り込んだ。

「実は、ダイナマイトも二本、なくなっています」

「なるほど。こっちの事件の犯人の仕業と思って間違いなさそうだな」

列車の犯人は恵比島で、悪戯でないとわからせるため一本使った。残る一本は、アンホ爆薬の起爆用ということだろう。

「威力は弱いと言っても、殺傷能力はあるんだろう」

門原が確かめるように聞くと、爆発物担当は苦笑を浮かべた。

「腐っても爆薬です。数百グラムで岩石を砕くんですよ。十五キロあれば、家一軒くらい軽く木っ端微塵《こっぱみじん》です」

「八木沢さん」

安積は、隅で待機していたJR職員に声をかけた。

「今の話、聞こえたと思いますが、この爆薬が車内で爆発したら、どうなりますか」

八木沢は困惑顔になった。

「ちゃんとお答えするには、爆速と車体強度を解析しなくてはなりませんが……感覚的に言えば、車体が吹っ飛ぶことはないでしょう。軽量車体とは言え、三十八トンの金属のかたまりです。それでも相当なダメージを受けますから、天井や側壁が裂けるくらいはあり得るでしょう」

「車内の人質と犯人は、どうなると思います」

「そりゃあ、深刻な被害を受けます。爆薬の近くに集まっていたら、全員助からないでしょう」

安積は、八木沢に礼を述べてから牛島に向かって言った。

「鍵を開けられたと言ったな。火薬庫の鍵はどこに保管されていた」

「事務室の、火薬管理者のデスクの引き出しです。今確かめたら、ちゃんとそこにありました」

「ということは、犯人が持ち出して使ってから、また元に返したんだな」

門原が訳知り顔になって頷く。

「事務室とデスクの施錠は」

「事務室は社員が帰宅するときに施錠してますが、ごく普通のシリンダー錠です。その気になれば、ピッキングできるでしょう。デスクは普段は施錠していないそうです」

ずいぶん不用心だな、と誰かが漏らした。確かに、爆薬を置いている事業所にしてはセキュリティが甘い、と阿方も思う。うろ覚えだが火薬類取締法では、施錠の方法まで細かく規定されていないだろうから、違法とまでは言えまい。

「爆薬が持ち出されたのは、いつのことか見当がつくか」

安積が聞くと、「それは難しいです」という答えが返ってきた。

「直近の発破作業は、四日前です。その夜から今朝まで、火薬庫は開けていないので、その間のいつか、ということになります。ただ、朝八時から夜七時頃までは複数の社員がいたはずなので、それ以外の時間帯でしょう」

門原の顔が渋面になった。範囲が思ったより広いのだ。

「その付近に住人はいるか。目撃者がいた可能性はあるか、ということだが」

「いいえ。一番近い家は一キロ半離れています」

これはある程度予想できたので、安積も門原も落胆は見せなかった。

「わかった。社員や出入り業者など、火薬庫のことを知っていて近づくことができた者を大至急リストアップしてくれ。応援は出す」

安積がそう言って、菅井をちらと見た。菅井は携帯を手に持ち、方面本部から急行中の捜査員と鑑識班に、今の話を伝えていた。牛島は、了解しましたと応答して電話を切った。

(少なくともこれで、爆薬がただの脅しでないことはわかったわけだ)

阿方は騒然としている捜査員たちから離れ、窓辺に寄った。外では、いつも通りだった穏やかな日常風景が、メディアの取材班に破壊されている。いまだにこんな大事件の渦中にいることが信じ難い思いだった。

　もう一つ、日常と違う風景が目に入った。留萌では滅多に見ることのない黒塗りのレクサスが通りを走って来て、署の正門前で減速したのだ。が、すぐまた加速した。正門前にメディアの連中がひしめいているのに気づいたようだ。おそらく、二、三ブロック先へ行ってから裏通りに曲がり、引き返して消防署側から入るつもりだろう。何を馬鹿なことをやってるんだ、と阿方は呆れた。もっと目立たない車を使おうとは考えなかったのか。阿方は首を振り、ゆっくり振り返って言った。

「例のセンセイが、ご到着のようですよ」

第四章　演　説

「夕張で、あんたに会った覚えはないな」

山田が返答するまでに、二十秒ほどかかった。

「あなたは気づかなかったかもしれないが、僕は見ました」

浦本は改めてはっきり言い切った。ついさっきは、絶対の自信があったわけではなかったのだが、山田は夕張にいたことを認めたのだ。

「どうして俺を覚えてる」

「あの場に集まっていた大勢の中で、あなただけは雰囲気が違った。つまり浮いてたんです。他の人たちが列車に関心を集中させているとき、イベントスペースを睨みつけていましたね」

他の四人が、どういうことかと怪訝な眼差しで見つめている。山田の口元が歪んだ。苦笑しているようだ。

「そんなに目立ったか」

「ええ。それに、服装も今と同じようでした」

「別に一張羅《いっちょうら》、ってわけじゃないぞ」

おや、この男、冗談なども口にするのだ。浦本は、少し緊張を緩めた。

「夕張支線廃止の日にあそこに行っていたのなら、今度のことも留萌本線の廃止と関係があるんですね」

一歩踏み込んだ。答えが返ると期待したわけではないが、今の質問は、皆が薄々考えていたことだろう。下山はぎょっとした顔になり、目を怒らせて浦本の二の腕を手で叩いた。山田を刺激するな、と言いたいのだ。

構うものか、と浦本は思う。山田の神経は、だいぶ落ち着いたようだ。この様子なら、怒鳴られたり脅されたりすることはあるまい。

「ある、と言ったらどうする」

山田がそんな言い方をしたので、浦本は驚いた。下山も多宮も芳賀も、赤崎までもが一斉に山田に目を向けた。注目を浴びた山田は、少し考える風だったが、微かにわかる程度に頷くと、口を開いた。

「留萌本線の廃止を、撤回させるつもりだ」

やはり、と浦本が得心した横で、芳賀が「何で？」と聞いた。さすがに浦本も無神経だと思ったが、山田は気を悪くしたようでもない。

「三十年ほど前まで、北海道にはたくさんの鉄道路線が通っていた。今は、背骨の部分しか残っていない。北海道の各地で人や貨物を運び、ずっと暮らしを支え続けた鉄道が、ばっさり切り捨てられた。算盤《そろばん》勘定だけで」

その通りだ、と浦本は思った。国鉄がＪＲに転換する前後の特定地交線廃止、つまり赤字ローカル線の大量整理は、どこよりも北海道に大きな影響を与えた。廃止になった路線規模は、北海道が一番多かったのだ。

「一度なくしちまったら、復活させるのはまず無理だ。代わりにと言って、道路ばかりやたらと作られた。税金をどっさり使って」

「あのー、よくわかんないけど」

芳賀が当惑した様子で口を出した。

「私は車ばっかで、電車って乗らないから」

浦本は顔を顰めた。確かに道民の大半は、鉄道を使うことなく日々を過ごす。芳賀が感覚的に山田の言うことを理解できなくても、仕方ないだろう。

そこで多宮が思い出したように言った。

「あー、でも、冬に旭川に行こうとして、吹雪《ふぶ》いてたから電車にしたことある。そういうときは、電車ってありがたいけど」

それも納得できる話だ。吹雪の峠を車で走ると、ホワイトアウトの恐怖がつきまとう。

国道の通行量がさほどでなくとも並行する高速道路を建設するのは、冬場の交通確保の意味合いが強い。

「それはまあ、そうかも」

芳賀はまだ、わかったようなわからないような顔をしている。

「俺たちが子供の頃、ちょっとした集落にはたいてい鉄道が通じていた。街に用事があるときは、駅に行って汽車に乗った。学校を卒業して、札幌や内地で就職する者も、汽車に乗っていった。線路の先は希望に通じている。そう思っていた」

そうか。山田の年格好からすると、子供の頃というのは一九六〇年代だ。鉄道が輸送の主役の座から降りる少し前。山田が北海道のどこかの村で育ったのなら、鉄道に対する思い入れが強いのも当然かもしれない。

「鉄道をどんどん切り捨て、道路にオールインするやり方には、納得できない。道路にも得失はある。道路と鉄道を共に生かしてこそ、政治じゃないか。採算がどうのと、数字で割り切るだけなら誰でもできる」

山田は溜めた思いを吐き出すように、一気に喋った。

浦本は、拍手したいような気分になった。彼の言う通りだ。道路が不要と言うつもりなどないが、道路だけに頼って鉄道を捨てるのは浦本も納得がいかないところだ。見ると、赤崎まで真剣な表情で何度も頷いている。

「あー、ご高説はわかったがね」

黙って聞いていた下山が、話し出した。

「そもそも北海道の人口密度では、鉄道は維持できんのじゃないか。道路に税金をどっさり使ってと言うが、鉄道の赤字を埋めるのも税金だろう」

ずっと山田を刺激しないよう俺を牽制していたくせに、ここでどうして逆らうようなことを言い出すんだ、と浦本は不快になった。

「採算だけの問題じゃない。そもそも、道路で採算を問題にするか。片寄った政策をやめろと言ってるんだ」

「そのために、列車を乗っ取る必要があるのかね。爆薬まで使って」

「真っ当な方法で、現実が変わると思うか」

下山は言葉に詰まったか、開きかけた口を閉じた。

「廃止反対運動自体、盛り上がらなかっただろうが。政治に好き放題されるのを止めるには、このぐらいやらないと世間の目を覚ません」

「爆薬のことはともかく」

浦本は黙っていられなくなり、いきなり言った。皆の注目が集まる。

「鉄道廃止についてあなたの言うことは正しい。本気で廃止撤回を迫りたいなら、手を貸してもいい」

「おい、何を言い出すんだ」

　下山が仰天した声で怒鳴った。赤崎もぽかんと口を半開きにしている。無理もない。浦本自身、口をついて出た言葉にびっくりしているのだ。

　だが、ハイジャックという手段を別にすれば、山田の言うことは自分の考えとも一致する。だったら、ここで山田に協力を申し出て他の人質を解放させることも……。

「せっかくだが、遠慮しておく」

　山田が、嘲笑するような声で言った。

「そもそも、あんたに何ができるってんだ」

　その一言に、浦本は横っ面を叩《はた》かれたような気がした。自分には何の影響力もなければ金もない。手を貸すなどと上から目線で言ってみても、実際にできるのは下働きだけだ。

　それ以上何も言えず、目を逸らす。すると、芳賀たちがスマホを山田に向けているのに気づいた。

「え？　撮ってるの」

「だって、大事な話だし」

　芳賀は、さも当然といった風に答えた。これはさすがに山田も、動画を消せと言うのではないか。

「構わん。好きにしろ」

思いがけず、山田は許した。芳賀の顔に笑みが浮かぶ。くそ、何てこった。浦本は胸の内で悪態をついた。だがそれは、山田でも芳賀でもなく、自分に向けたものだった。芳賀たちのほうが、山田にとっては役に立つらしい。

(俺は本当に、値打ちのない男だ)

改めて山田に思い知らされた気がして、浦本は俯いた。


「このたびは先生を煩《わずら》わせまして、誠に申し訳ございません」

安積は、署長室のソファに座った河出に向かって、まず頭を下げた。腹の内はともかく、とりあえず丁重に、というところだろう。

「あなたのところの本部長に協力してくれと言われて、人命が関わっているなら当然協力する、と返事したんですよ」

河出はソファにゆったりと座り、愛想のいい笑みを浮かべて言った。少しばかり恩着せがましい匂いがしたのは、気のせいだろうか。

「それで、いったい何がどうなっているのですか。私は何をすればいいのかな」

河出は安積にも座ってくれと手で促すと、進んで力を貸す姿勢を見せた。が、金縁の眼鏡の奥の目は、阿方にはどこか冷たく思えた。年は六十二、三のはずだが、脂ぎった肌艶のおかげで若く見える。色黒でくすんだ顔は、日焼けというより酒焼けかもしれない。ソファの背後には、秘書らしい四十過ぎくらいの顔もスーツも地味な男が、忠犬よろしく控えていた。

「犯人が先生を名指ししてきたのです。交渉役にということで」

「どうして私が指名されたんでしょうな」

「それについて、お心当たりを伺いたいのですが」

「心当たり？　それは……」

困惑した体《てい》で言いかけ、急に思い付いたかのように河出は指を立てた。

「長く道議会議員をやっていると、いろいろありますからな。一方的に恨みを買うこともある。そういう連中が、腹いせに私を巻き込んだのかもしれません」

さっき菅井が河出について口にしたのと、同じような言い方だった。安積が、うんうんと頷いて共感を示す。

「なるほど、議員というのも大変なお仕事ですね。具体的に、そのようなことをやりかねない者の名前を挙げていただけると、助かります」

「名前、ですか」

河出は少しばかり慎重になった。軽率に名前を並べて、後で物議をかもすことになってもまずいのだろう。

「先生が名前を出したと、外部に知られては困ります」

秘書が口を出した。思った通りだったので、安積は「それは当然、配慮しますのでご心配なく」と軽くいなした。河出は思案する素振りを見せてから、言った。

「あくまでたとえばですが……」

道議会で犬猿の仲と言われる議員の取り巻きの名を口にしたとき、ドアがノックされ、返事を待たずに開けられた。全員が顔を向ける。

「失礼します。田山から電話です。先生を出せと」

ドアから顔を覗かせた捜査員が告げた。

「今、保留にしてあるのか」

安積の顔に期待が浮かんだ。保留を長引かせれば、警視庁の捜査員が間に合うかもしれない。

「いえ、すぐにもう一度電話するので、待機していろと」

安積の額に皺が寄った。やはり向こうは、長電話の危険性をよく承知している。

「わかった。次にかかってきたら、すぐここへ回せ」

捜査員は了解して引っ込み、阿方はデスクの電話機を持ち上げて、河出の前のテーブルに置いた。

「どうぞこれを使ってください。録音とスピーカーはセットされています」

河出は無言で阿方に頷いてから、安積に尋ねた。

「田山というのは、犯人ですか」

河出が聞くのに、安積は「そうです」と頷いた。

「犯人からの電話に、先生が出ろとおっしゃるんですか。犯人と直接話せと」

秘書が気色《けしき》ばんだ。河出はそれを、手を振って抑えた。

「田山は乗っ取り犯の仲間で、東京都内の公衆電話を転々としながら連絡してくるんです」

「東京から？」

安積の発言を聞いて、さすがに河出も驚いた顔を見せた。

「どうしてそんなところで……」

言いかけたところで電話が鳴った。河出が、ぎくりとしたように電話機を見てから、安積に目を向けた。安積が「お願いします」と促すと、一呼吸おいて受話器を取った。

「はい、河出ですが」

「やあ。要求は二つ。まず、留萌本線の廃止を撤回しろ。もう一つは身代金。金額は後で言う」

それだけで、電話は切れた。河出は呆気《あっけ》に取られている。

「何なんですか、これは。無礼にもほどがある。どういうつもりだ」

安積と受話器を交互に見て、河出が毒づいた。阿方が宥《なだ》める。

「逆探知を警戒して、最小限の通話しかしないんです。それでもかけた場所は突き止められるのですが、捜査員が着く頃には次の場所に移動しています」

「それじゃあ、この男は捕まえられないとおっしゃるんですか。警察より先を行っていると」

言葉は丁寧だが、君たちはなんて無能なんだ、とでも言いたげな響きがあった。もしや道庁でも、こんな言い方で職員たちを責めたてているのだろうか。

「そうでもありません」

安積は冷静だった。

「東京なら、公衆電話のあるところにはたいてい、防犯カメラが設置されています。今どき、公衆電話を使う人は多くはいません。こちらに電話してきた時間と防犯カメラの映像を突き合わせれば、田山の姿を特定することは可能です。さらに警視庁では、交番の巡査まで動員して、可能な限りの公衆電話を見張っています。田山が通話中の現場を押さえられる可能性も、低くはありません」

「ふむ、そうですか。なら、期待しておきましょう」

河出は説明を聞いて、矛《ほこ》を収めた。だが、言うほど簡単でないと阿方は承知している。カメラのことは田山も当然警戒しているだろうし、顔が映らないよう注意すれば、帽子や上着、歩き方を変えるだけでも別人に見せることは可能だ。それでも、自信のある顔で話せば素人は納得させられる。

「で、先ほどの話ですが……」

安積が、心当たりの人名の続きを、と河出に催促した。が、河出が口を開きかけたとき、再び電話の音に邪魔された。

「河出です」

受話器を取って短く応じると、田山は要求の続きを話した。

「身代金だ。十七億五千五百万、と言いたいところだが、一億七千五百五十万円にまけといてやる。今日の午後三時までに用意しろ」

「何なんだ、いきなり。なんでそんな半端な金額を」

「あんたなら用意できるよな」

「おい君、ちょっと待ちなさい。なんで私が金を……」

河出が喚くように言ったが、通話は切れていた。

「くそっ、どういうことなんだ。なぜ私が金を用意せにゃならん。どう考えても筋違いだろうが」

叩きつけるように受話器を置いた河出は、先ほどまでの紳士的態度を一変させ、安積と阿方がまるで犯人一味ででもあるようにがなり立てた。

「まあ、それは……先生が交通政策委員長で、留萌本線の廃止を後押ししたから、ということでは」

阿方が思っていたことを言うと、河出は「そんな理由で身代金を払わせるなんて、どうかしている」と喚いた。阿方は慌てて頭を下げた。

正直なところ、河出が怒るのも当然だ。さっき菅井も無茶な紐づけと言っていたが、確かにそれが河出に金の要求をする動機になるとは考え難い。

「理由は後にしましょう。それより、金額です。先生もおっしゃった通り、どうしてこんな半端な額なんでしょう」

安積が首を捻りながら言った。

「その額が必要だったとして、普通なら切り上げて二億にするでしょう。何か、この金額そのものに意味があるとしか思えない。如何《いかが》です」

「そんなこと、私に聞かれても知りませんよ」

河出はまだ腹立ちが収まらないようだ。阿方は目を逸らして、秘書を見た。そして、違和感を覚えた。秘書の顔は、強張っていた。怒りでも当惑でもなく、何かを恐れるような、そんな印象だった。

「まさか私に、用意しろと言うんではないでしょうな」

「上の方やＪＲさんとも相談して、こちらで何とかします」

「当然です。私個人でこんな大金を……」

河出の言葉が、一瞬途切れた。どうしたのかと思って見ると、河出の顔には秘書と同じような表情が浮かんでいた。それで阿方も悟った。

(金額の意味に、心当たりがあるんだ)

安積も見逃さなかったようだ。すかさず河出に声をかけた。

「どうかされましたか」

「いや、とにかく個人にこんな要求をするなど、まったく不当です。私を巻き込んだ理由が、さっぱりわからん」

河出は声を大にした。阿方には、それが取り繕《つくろ》うような言い方に聞こえた。

「田山は午後三時と言った。あと四時間しかありません。対応を急ぎますので、失礼します。申し訳ありませんが、先生はこちらでお待ちください」

安積はそう言うと阿方に目配せし、河出がさらに何か言おうとするのを無視して、署長室を出た。そのまま捜査員たちが詰める講堂へ急ぐ。

「よし、みんな今の電話は聞いていたな」

講堂に入るなり、安積が大声で言った。すぐに全員から「はい」という返事がきた。

「柳沢、来てくれ」

安積は補佐官を呼んだ。

「署長室に行って、河出と秘書に張り付いてろ。些細な動きも見逃すな」

「はい。外に連絡しようとしたら、どうします」

「連絡させろ。相手が誰か必ず確かめ、話の内容もできる限り摑んでおけ」

柳沢は、頷いて講堂を出ていった。

「よし、電話で田山が言ったことについて、どう思った」

安積が捜査員たちを見回して、言った。代表して門原が答えた。

「やはり問題は金額でしょう。あんな半端な身代金は聞いたことがない。しかも、最初に十七億五千五百万と言いたいところだが、などと言ってる。本来、あんな台詞《せりふ》は不要のはずです」

「つまり、意味があるのは十七億云々の数字のほうだ、というわけだな」

安積も同じ考えらしく、にんまりとした。

「河出の周辺で、その金額が動いたことがないか、すぐに当たってくれ」

門原は電話に手を伸ばし、何人かの捜査員がパソコンを叩き始めた。

「十七億五千五百万を、一割に下げた理由は何だと思われますか」

阿方は胸にあった疑問を、安積に投げた。

「さすがに十七億以上の金を用意するとなると、簡単にはいかない。額が大き過ぎて、実際に出せるか二の足を踏んでしまう。だが一億七千万なら、こう言っちゃ何だが五人分の身代金としては妥当な額です。すぐ用意できて、わりと躊躇《ちゅうちょ》なく出せる。そのへんを考えたんでしょうな」

なるほど、と阿方は思った。確かに十七億もの巨額を四時間で揃えるのは、かなりハードルが高い。

「河出さんは、出すでしょうかね」

そうは思わなかったが、口にしてみた。安積は、当然の如くかぶりを振った。

「出すとは思えませんね。もし読み通りに金額にいわくがあるなら、墓穴《ぼけつ》を掘ることになるかもしれません。そうでなかったら、河出氏の言う通り、個人に身代金を払わせるのは無理があります」

安積は本部長と相談しますと言って、スマホを取り出した。

（一億七千万ぐらい、河出なら出せたろうに）

阿方は少しばかり腹立たしくなった。河出のもともとの本業である建設業は、今は婿に継がせているが、そこで稼いだ個人資産が相当あるはずだ。犯人も河出が払えると承知していなければ、名指しで呼ぶまい。

安積は本部長との通話を終えると、八木沢を呼んだ。

「八木沢さん、犯人は一億七千五百五十万円を、身代金として要求してきました」

「ええ、聞こえていました。ずいぶん半端な額ですが」

「金額には、何らかの理由があるのでしょう。それでご相談ですが、身代金はＪＲさんで用意願えませんか」

「えっ」

八木沢の顔が曇った。

「犯人は……河出先生に要求したのではなかったですか」

「河出さん個人に払わせるのは、筋が通らないでしょう」

「それこそ、何らかの事情があるのでは」

「それは考えられますが、個人が出す金額としては大きすぎる。正直、河出さんが素直に払うとも思えません」

安積が言葉通り正直に言ったので、八木沢は眉を上げた。

「なるほど。ですが、河出さんと犯人の間に何か遺恨のようなものがあって、それがこの事件を引き起こしたんだとしたら、こちらはとばっちりを受けたことになります。その上、身代金まで払えとは」

「ごもっともですが、それは犯人の動機がはっきりしてから追及すればいい。事情によっては、河出さんのところに求償できるでしょう。しかし、今は時間がない。JRさんなら用意できますよね」

「簡単におっしゃいますが、JRでも東日本さんや東海さんならともかく、うちは貧乏なんですよ。とりあえず警察で用意してもらうことはできないんですか」

「身代金を用意できない一般市民の場合なら、そういうこともあり得ます。でも、この場合は当てはまらないでしょう。警察が用意するということは、税金を使うわけですから」

「我々だって、余剰資金があるわけじゃない。経営支援を受けている状態なんです」

「それでも、人質に取られているのは、御社の乗客と職員と車両なんですよ」

苛立ってきたらしい安積が迫ると、八木沢は渋面になった。

「それはおっしゃる通りですが……」

「とにかく、上層部と話してください。こちらも、本部長から御社の社長に要請を入れてもらいます」

八木沢は、大きく溜息をついた。


「すぐ用意できて、わりと躊躇なく出せるわけでもなさそうですね」

八木沢が本社に電話するのを横目で見ながら、阿方は安積のさっきの台詞を引用した。

揶揄されたと思ったか、安積は口元を歪めた。

「まあ、出してくれるでしょう。我々が犯人を捕まえて取り戻せばいいだけです」

「奴らが、どうやって受け取るのか、ですな」

身代金の受け渡しは、犯人にとって最も危険な瞬間だ。それは当然向こうも承知のはずで、これだけ緻密な計画を立てた犯人が、札束の入った鞄を受け取りにのこのこ現れるとは思えない。

「おそらく、時間が迫ってから指図してくるでしょう」

安積は壁の時計に目をやりながら、言った。その針は、十一時を過ぎて刻々と時を刻んでいる。

(どうにも展開が目まぐるしい)

阿方は指でこめかみを揉んだ。自分の警察署にいるのに、ほんの数時間前とは別世界になってしまった。ふとつまらない考えが浮かぶ。警務課長は、昼食の仕出し弁当を捜査員全員分用意できたんだろうか。


「なんかさあ、さっきより油臭くなったって言うかぁ、煙が入ってきてるんだけど」

芳賀が誰にともなく、クレームをつけるように言った。芳賀の言うように、うっすら煙が車内に入り込んでいる。二重窓と換気口《ベンチレーター》を閉じていても、排気煙の侵入は止められない。

「エンジンをしばらく切っておいたほうがいいんじゃないですか」

おずおずと赤崎が言った。下山もだいぶ不安になってきたらしく、「そうだ、そうしろ」と言った。山田は取り合わない。

「エンジンを切ればヘッドライトも照明も消える。非常灯はつくが、長くは保《も》たない」

山田に代わって、浦本が答えた。別に頼まれたわけではないが。

「しかし、このままじゃいずれ窒息するぞ」

下山は浦本に向かって言った。こっちに言われても困る。浦本はちらっと山田を見た。するると、呼応するように山田が答えた。

「あと三時間。それまでの辛抱だ」

全員が、はっとした。赤崎が時計を確かめる。

「午後三時までには、解放してもらえるということですか」

山田が黙って頷いた。赤崎は、はっきりわかる安堵の表情を浮かべた。

「じゃあ、誰かが外で交渉をやってるんですね」

ここから通信はできない以上、当然そうしているはずだ。要求は留萌本線廃止撤回だけだろうか。それについては、浦本もしばらく考えていた。落ち着いて頭を働かせると、やはり下山も言ったように、それだけでこんな大ごとにするとは思えない。他にも何かある。

(定番としては、身代金だな)

世界中でいろんな主張を掲げた人質事件が起きても、大概は身代金要求がついて回った。山田とその仲間も、同じだと考えるべきだろう。

(いったい、いくら要求したのかな)

さすがにそれを山田に聞こうとは思わない。聞いても答えはしないだろうし……。

「もしかして、身代金とか取っちゃうんですか」

いきなり多宮が言ったので、浦本はのけぞった。

「こら、何を余計な……」

下山が目を剝いて止めた。

「さあな」

山田は下山を無視し、多宮に向かって口元を緩めた。

「あんたなら、いくら取る」

「えー、私の身代金ってことと」

多宮は芳賀と顔を見合わせ、首を傾げた。

「よくわかんないけど、うーん、一億とか」

「そうか。じゃあ五人で五億だな」

山田が軽い調子で応じた。最初の近寄り難い態度は、もうだいぶ和らいでいる。

「悪くない金額だ」

「本当にそれだけ要求したのか」

下山が聞いた。驚いている様子ではない。単に、事実か確かめるような聞き方だ。

浦本は目立たない程度に肩を竦めた。例えば現役の社員が誘拐され、会社が身代金を要求されるケースなら、一億くらい払う会社はあるだろう。だがそれは、社員を見殺しにしたと世間から糾弾されるのを避けるため、会社の信用を守るための費用を考慮して、の話だ。下山は退職してもまだ、銀行幹部だった意識がぬけないのだろう。

「君はどう思うんだ」

浦本に見つめられているのに気づき、下山が顔を向けた。浦本は肩を竦めた。

「五億も払ってもらえるとは、思えないですけどね」

下山は、むっとして横を向いた。山田が、馬鹿にしたように笑った。

「本当は、いくらなんです」

「俺は、身代金を要求したとも何とも言っていない」

浦本が改めて聞くと、山田は素っ気なく言った。

「じゃあ、身代金のことはともかく、要求が通ったかどうかは、どうやって知るんです」

浦本が畳みかけた質問に、皆が注目した。このトンネル内にいる限り、交渉の経緯も結果も、知ることはできない。それでも三時に終わらせると確約したのは、どういうわけだろう。

一同の顔に不安がよぎった。山田は最初から、三時に自爆することを考えているのでは。

「安心しろ」

不安を読み取ったらしく、山田が言った。

「ちゃんと考えはある」

その声には、自信が感じられた。皆の不安が少し薄れるのが、浦本にもわかった。

（これは、どう読むべきなのかな）

皆は、山田の言葉をそのまま受け入れた。犯人である山田を信用した、ということなのか。

（もしかして、犯人に共鳴するストックホルム症候群の、初期症状なんじゃないか）

浦本はそっと全員の顔を見渡した。皆の表情に、それまでと比べて大きな変化は見えない。

心理学の心得もない浦本には、何も読み取れなかった。

第五章　進　展

時計が正午を回り、警務課長が手配した仕出し弁当が、講堂の隅のテーブルに積まれた。だが、誰もまだ手を付けようとしない。講堂内は緊迫感に満ちたままだ。

「腹が減っては戦ができんぞ。手の空《あ》いている者から、さっさと昼飯を食っとけ」

門原が捜査員たちに告げると、ようやく五、六人が席を立って弁当を取りに行った。

「JRさんも、どうぞ」

「あ、いいんですか。どうもすみません」

八木沢たちが、恐縮しながら弁当を受け取った。そのとき、八木沢の携帯が鳴った。八木沢は手にした弁当の蓋を置いて、急いで携帯を引っ張り出した。

「はい、八木沢です。ああ、どうもご苦労様です。ええ、ええ、はい。わかりました。いろいろありがとうございます」

携帯をしまった八木沢は、ほっとした顔で安積たちに言った。

「総務部長からです。身代金は用意する、ということです」

「そうですか。ご協力、感謝します」

安積は丁寧に頭を下げた。腹の中では当然と思っているだろうが、態度には出さない。

「銀行に連絡して、いつでも運び出せるように現金を揃え、経理部の担当者が立ち会うそうです」

「わかりました。待機してもらってください」

あとは田山からの連絡待ちになる。その間に、少しでも捜査が進展すればいいが。

「一課長、これを見てください」

ずっとパソコンに齧《かじ》り付いていた若い捜査員の一人が、突然声をあげた。安積と菅井と門原が、すぐに反応した。

「何だ。何を見つけた」

たちまち捜査員の周りに人垣ができた。捜査員はパソコンの画面を指で叩きながら言う。

「これです。この数字です」

そこに示された字を、全員の目が追った。

「何だこれは。留萌羽幌《はぼろ》道路A工区？」

真っ先に、門原がタイトルの文字を読み上げた。留萌羽幌道路は、先頃全通した深川留萌自動車道を延ばす形で、日本海沿いに羽幌へ向かう高規格道路だ。着工されたばかりで、用地買収もまだ完了していない。

「この道路が……あっ、これか」

安積と門原は画面の文字を追い、中ほどにあった記載を見て目を見開いた。そこには、ゴシック体の文字で「総工費　百七十五億五千万円」とあった。

「身代金の百倍。つまり総工費の一パーセントか」

安積は数字を読み返し、しきりに頷いた。

「よく見つけたな」

「はい。河出に関係ありそうな事項を片っ端から拾ってみたんですが、時間ばかりかかって。そこで金額に絞って、そこに道路とか鉄道とか空港とか、キーワードを付け加えて検索をかけたんです。河出は交通政策委員長ですから、そっち方面かも、と。身代金の額そのままだとヒットしなかったので、十倍、百倍と上げてみたら、出てきました」

「よし、河出がこいつにどう関わってるか、続けて探ってくれ」

安積は労いをこめてか、捜査員の肩をどん、と叩いた。捜査員は「了解です」と意気揚々とした返事をし、またパソコンに向かった。

「これをどう見ます」

門原が安積に、やや声を低めて言った。

「金額の一致から考えると、この道路工事が鍵なのは間違いないと思いますが、何らかの不正があったんでしょうかね。犯人たちの狙いは、そいつを明るみに出すこととか」

「そこまで決めてかかるのは早計だが」

そうは言いながらも、口調からすると、安積もその見方に傾いているようだ。

「やはり最初に田山がわざとらしく口にした、十七億五千五百万が問題だろう。総工費の一割だ。いかにも、何かありそうじゃないか」

「二課に連絡して、河出とこの道路の周辺で何か臭ってないか、探ってみましょう」

安積が頷き、門原が電話を取り上げた。そのとき他の電話が鳴り、受話器を取った捜査員が、さっと安積の方を向いた。

「一課長、田山からです」

安積と阿方は、弾かれたように署長室に走った。

ドアを開けると、ちょうど柳沢が転送された電話を受け、河出に受話器を渡したところだった。河出は入ってきた安積を一睨みしてから、応答した。

「河出だ」

「一億七千五百五十万、現金は必要ない。振込先を後から連絡する。すぐ動かせるようにしておけ」

それだけ言って、また唐突に電話が切れた。河出は苦虫を噛み潰したような顔で、受話器を置いた。

「私たちはこの犯人に、すっかり舐められとるんじゃないですか」

河出の憤懣《ふんまん》を受け流し、安積が言った。

「身代金は、ＪＲさんで用意してもらえます」

「そりゃあ、当然でしょう。ＪＲの乗客が人質なんだから」

河出は、さっきの安積と同じようなことを言った。自分が要求された金をＪＲが払うことについて、恩義を感じる様子は皆無だった。

「失礼ですが、本当にこの金額に心当たりはないんですか」

「ない。ないに決まってる！」

叩きつけるような答えが返ってきた。阿方の目にも、強すぎる否定と映った。秘書を見ると、青ざめた顔を強張らせたままだ。

「そうですか。まあ、その話はまた」

「いつまでここにいなけりゃならないんです」

「犯人があなたを交渉役に指名している以上、最後までいてもらわなくてはなりません」

「交渉役が聞いて呆れる。交渉など、まったくする余地がないでしょうが。向こうは一方的に言いたいことだけ言って、あっという間に電話を切ってしまう。こっちが口を挟む暇すらないんですぞ」

河出の口調から愛想めいたものが消え、表情にも傲慢さが見え始めた。どうやら苛立ちのせいで本性が現れてきたかな、と阿方は思った。

「おっしゃる通りです。確かに犯人側には、交渉などする気はないようですね」

「どうするんです。犯人の言いなりになるおつもりか。警察がそんなことでよろしいのか」

「言いなりになる気はありません。しかし、今のところ主導権は向こうにあります。ここは要求に従いつつ、隙を探ります。一方で、犯人の身元を突き止めるべく、捜査を進めております」

「身元について、手掛かりがあるんですか」

河出が、急に興味を引かれたように上体を起こした。

「それにつきましては、まだ申し上げる段階にはありません」

安積が突き放すと、河出は、ふんと鼻を鳴らして横を向いた。もっと食い下がられると思った阿方は、少しばかり意外だった。

(やはりこの先生、犯人についても何か考えがあるようだな)

阿方は心中で頷きつつ、不機嫌さを隠さなくなった河出を見つめていた。

「やはり東京都内の公衆電話です。今度は六本木だそうで」

講堂に戻るなり、門原が報告した。

「今のところは、後手後手だな。河出先生にボロクソに言われても仕方ない」

苦笑気味に安積が応じた。

「あのセンセイ、だいぶ頭に来てますな」

阿方の言葉に、安積は冷ややかに応じる。

「人質事件でヒーロー面《づら》する気で来たようだが、犯人にはろくに話もさせてもらえんし、それどころか身代金の件から自分の尻に火が点きかけてる。頭に来るのも当然でしょう」

河出も、犯人がなぜ自分を名指ししたのか、もっと慎重に考えていればよかったものを。

門原が咳払いした。

「警視庁で、使われた公衆電話周辺の防犯カメラ映像の解析を行っています。当該時刻に電話していた人物の姿は見つけたそうですが、顔まではわかりません」

「やはり、カメラを意識しているのか」

「ええ。紙袋を持っていますが、それぞれ違う袋だそうです。着ているシャツも違います。移動のたびに着替えているようですね」

「まあ、そのぐらいの用意はしているだろう。しかし、背格好は誤魔化せん」

「はい。警視庁も、周辺のカメラから田山の足取りを追っています。二十四時間もあれば追いつくのは可能、と見ているようですが」

「希望的観測だな。田山はそんなに余裕をくれたりせんぞ。排気ガスのことを考えれば、数時間以内に終わらせるはずだ。電話も、せいぜいあと二、三回だろう」

その間に田山を追い詰めるのは、警視庁といえども難しいだろう。最後の電話連絡が終われば、田山は遠方へ逃走するに違いない。それでも映像があるなら、後から田山の正体を突き止めて逮捕することは、充分できるはずだ。

「よし、そっちは警視庁に任せよう。こっちは身代金だ」

「振り込み、と言ってきたのはちょっと意外でしたね」

菅井が首を捻りながら言った。

「振込先に指定された口座を調べれば、すぐに足がつくのに」

「何か企んでるということだろうな」

安積も首を傾げる。

「金は全国どこのATMからでも引き出せるが、ATMでは映像が残るし、口座開設のときに本人確認書類が要る。そのへんを考えれば不利なはずだが」

「その代わり、現金受け渡し時に姿を現した犯人を逮捕する、という作戦は使えませんね」

菅井の言う通り、現金受け渡しのリスクを回避できるのはメリットだが、振り込みを使うデメリットのほうが大きいように阿方には思えた。

「一筋縄ではいかん、ということでしょうか」

阿方がぼそっと漏らすと、菅井は面白くなさそうな顔をした。

「もともと、一筋縄でいくなんて思ってませんよ」

「とにかく、振込先を指定してくる前に、各銀行に協力要請をかけておこう。本部に連絡する」

安積が携帯で道警本部と話を始めたとき、無線機が鳴った。

「留萌3号より本部」

峠下駅の先、トンネルに最も近い場所にいるパトカーだ。その声は、現場に出た佐々木刑事課長だった。

「はい、こちら本部」

「トンネル内に様子を見に行った者からの報告です。排気ガスは前より濃くなって、奥まで入ろうとしても、一、二分が限度です」

トンネルの両側には、機動隊員数十人が詰めている。だが、電波が飛ばないので直接無線通信できず、いちいちパトカーを介していた。

「列車に動きはないか」

阿方はマイクを受け取り、署員に代わって応答した。

「ヘッドライトは視認できますが、車両の様子はわかりません」

やはり変化なし。接近して中の様子を確認できない以上、強行突入という選択肢は採れない。

「エンジンは切っていないんだな」

「はい、エンジンの音が聞こえました」

「了解、そのまま監視を続けてくれ」

安積が歩み寄って、声をかけてきた。

「状況、変化なしですか」

「そのようです。しかし排気ガスの濃度はかなり上がっています。そう長くは持ちこたえられんと思いますが」

そうでしょうな、と安積が頷く。

「身代金のリミット、午後三時は銀行の営業時間も考えてのものでしょう。そこがヤマです」

阿方は時計を見上げた。

「あと二時間余り、ですな」

安積も顔を上げ、壁の時計を睨んだ。

「あのう、一つ聞いていいでしょうか」

浦本は、躊躇いながら山田に言った。顔色を窺いたいところだが、生憎サングラスのせいでよくわからない。

「何だ」

山田は、表情を全く変化させずに応じた。浦本はほっとした。話しかけるな、との注意は、やはりもう無効になっていると思ってよさそうだ。

「留萌本線の廃止を阻止する、というのは僕も全然、賛成なんですけど」

下山がまた、露骨に嫌な顔をした。浦本は気づかないふりをした。

「どうして留萌本線だったんですか。廃止になった線は他にもあるのに」

「何が言いたい」

「たとえば、この前廃止された札沼線の新十津川。あるいは、夕張支線も。そっちでは何もしなくて、この留萌本線で事を起こしたのには、理由があるのかな、と」

山田の口元が、かすかに歪んだ。まずかったかなと浦本は怯んだ。が、山田は答えた。

「札沼線には、トンネルなんかないだろう」

それはそうだ。札沼線の廃止区間は平坦な畑の中を走っているので、どこで停車させてもたちまち機動隊に取り囲まれる。

「夕張支線も、条件が悪い」

どう悪いのかは言わなかったが、わかる気がした。夕張支線はすぐ傍にずっと並行道路が走っており、ここのように隔絶された場所がほとんどない。地理的に留萌本線を選ぶのは理にかなっている。

「それはわかりますが、他にも何かあったのでは」

山田は正面から浦本を見返した。サングラスの後ろから、視線で射すくめられた気がした。

「何か、とは」

「つまりその……留萌本線に、特別な思い入れのようなものがあったのかな、と」

山田は唇を引き結んだ。やっぱりまずかったか。もし思い入れがあるとすれば、それを話すことは山田の身元を特定する大きな手掛かりになる。そんな危険を冒すことはなかろう。

「そんなのあるんですか。聞きたい」

芳賀がいきなり身を乗り出して、言った。浦本はびくっとした。

山田は怒らない。だが、何か考えているようだ。浦本も芳賀も、黙って待った。

「……昔、このあたりには炭鉱があってな」

三十秒ほど経ってから、山田が口を開いた。

「ここだけじゃない。道内には、大きな炭鉱がいくらでもあった。無論、夕張もそうだ。明治時代、政府が北海道の開発に力を入れたのは、石炭が大きな理由の一つだ」

突然始まった社会科の授業に、浦本は当惑した。下山は、驚いたような顔で山田の話を聞いている。赤崎は、何が何だかわからない様子だ。

やはり芳賀はスマホを構えていた。いいのか、と思ったが、山田はむしろ促すように、顎をしゃくった。

「石炭は経済を支える燃料だった。だから増産に継ぐ増産で、政府もずっとその尻を叩いていた。戦争中も戦争の後も、石炭はどんどん掘り出された。ところが、ある日突然、方向が変わった。エネルギーが、安い石油に取って代わられたんだ」

芳賀は動画を撮りながらも、山田の話がピンとこないようだ。無理もあるまい。学校の授業でも、近代史は時間が足りなくて、きっちり教えられていないケースが多い。

「炭鉱は切り捨てられた。増産と言っていたのが減産に、やがて閉山を進めるようになった。まるで手の平返しだ」

山田は、構わず続けた。

「炭鉱には、石炭を運ぶ鉄道が引かれていた。その鉄道も、炭鉱と一緒に次々になくなった。まだ使っている人がいても、構わずどんどん廃止されていった……」

菅井宛てに天塩から電話が入ったのは、午後一時を過ぎた頃だった。

「菅井だ。ああ、どんな具合だ」

言葉の合間に菅井は安積たちに向かって、「天北採石に行った方《う》面本部《ち》の捜査員からです」と言った。関係者のリストアップをしていたはずだが、進展があったようだ。

通話は一分以上続いた。電話を切って振り向いた菅井の顔が、輝いている。

「有力な手掛かりか」

安積が期待を込めて言った。菅井が力強い頷きを返す。

「天北採石で関係者のリストを挙げてもらったところ、社員二十二名の他、出入り業者や取引先などの関係者が十三名で、合わせて三十五名でした。思ったよりは少なかったので、所在確認のため、全員に電話してもらったんです。そうしたら、一名だけ連絡がつかない者がいました」

「一名だけか。何者だ」

安積が勢い込む。

「ダンプカーで切り出した石を運搬する運転手です。天北採石の社員ではなく、運送を委託した個人事業者ですね。ダンプは借りているらしいです。名前は宇藤真二郎、六十二歳。二年前からこの仕事をしています」

「六十二歳か、なるほど」

どうやら、4921D列車を乗っ取った犯人と、年格好が一致しそうだ。

「住まいは遠別《えんべつ》町にあります。今から捜査員が向かいます。十五分か二十分で着くでしょう」

「連絡のついた三十四人も、共犯の可能性はある。乗っ取り犯に金を貰って、爆薬を提供したただけ、ということもあり得ますな」

宇藤という男が、たまたま連絡がつかなかっただけで無関係だった場合は、それも考えておかねばならない。阿方は念のためそう言ったが、安積は手で制した。

「それは承知してます。通常なら全員を調べて確認を取るが、今は時間がない。一番可能性が高そうな、この宇藤という男に絞ります」

もっともな話だ。阿方は、余計な口出しを詫びて引き下がった。

「時間との勝負になりそうですね」

時計を見ながら、門原が呟いた。


「結局、要らなくなったら、儲からなくなったら捨てるんだ。炭鉱も鉄道も。その周りにいる人たちのことは考えない……」

山田の話は続いている。山田は、古いものを容赦なく捨て去って行く現代が、気に入らないのだろうか。そこで浦本は、ふと思った。

(この男も、切り捨てられた一人なんじゃないのか。炭鉱で働いてたことがあるんだろうか)

しかし炭鉱の全盛期は、六十年も前の話だ。山田はその頃、赤ん坊だったろう。

(本人じゃなく、父親か祖父が炭鉱で働いていて、閉山で失業したために苦労したのか

な)

だとしても、どうして列車を乗っ取る話になるのか、今一つわからない。

「鉄道を廃止する代わり、道路はどんどん作る。それは何のためだ。土建屋を儲けさせるためか。道路さえあれば充分と思ってるのか。とんでもない。鉄道があれば、少々の吹雪でも輸送は止まらない。いつスリップするか、ホワイトアウトするかと怯えながらハンドルを握る必要もない。運転士一人で、トラック何台分の貨物、バスや乗用車何台分の客が運べると思う。道路と鉄道、両立させてこその交通だろう」

それはその通りだ。JRの路線廃止は、純然たるローカル線だけでなく、幹線に準ずる路線や幹線の一部にまで及んでいる。採算を優先して考えれば、北海道の鉄道路線はほとんど存続できなくなってしまうのだ。

「それを考えるのが交通政策じゃないのか。なのに、河出のような奴は、土建屋とつるんで道路建設だけにせっせと税金をつぎ込んでる。こんなことでいいのか」

河出？　その名を聞いて、浦本は思い出した。確か夕張で、山田は式典の挨拶に立った道議会の河出とかいう議員を、じっと睨みつけていた。その姿には、周囲から浮かび上がるほどの違和感があった。山田は、河出に対して含むところがあるようだ。

山田の話は、まだ終わらない。赤崎はぽかんとしており、下山は面白くなさそうに目を逸らしている。芳賀は辛抱強く、スマホで山田を撮り続けている。多宮はぼんやり座っていて、聞いているのかいないのかわからない。

撮影に夢中の芳賀を除けば、まともに聞いているのは俺だけかも、と思ってから、浦本はまた首を捻った。河出議員、炭鉱、留萌本線。これらはいったい、どう繋がるんだ。

第六章　疑　惑

「うちの連中が、宇藤の家に着きました。やはり留守で、自家用の軽自動車がないそうです」

菅井が受話器を耳に当てたまま、報告した。

「隣で聞いたら、昨日の夕方には車は見えなかった、ということですから、それ以前に出かけていますね」

遠別から4921Dに乗るため深川へ向かったとしたら、三時間余りで着くだろう。夜遅くに着いて、時間まで車内で寝ていたのだろうか。

「宇藤の車のナンバーはわかるか」

「これです」

菅井がメモを振った。

「深川署に言って、深川駅周辺でその車を探してもらってくれ」

もし深川駅で宇藤の車が見つかれば、宇藤がハイジャック実行犯でほぼ決まりだ。そうなれば、宇藤の自宅の捜索令状も取れる。

安積のスマホが鳴った。ポケットからスマホを出した安積は、発信者名を見てちょっと眉を上げ、そのまま部屋の隅に行った。全員に聞かせられない連絡らしい。

通話は、五分近くもかかった。重要な話らしいと察して、捜査員の何人かが、ちらちらと横目で様子を窺っている。

通話を終えた安積が、部屋の中央に戻ってきた。表情からすると、期待通りの何かがあったらしい。安積は菅井と門原と阿方に、来てくれと目配せし、また部屋の隅に行った。

「誰からだったんです」

菅井が聞いた。

「二課の服部《はっとり》課長だ」

菅井は眉を上げげた。

「河出の件ですね」

「ああ。河出が建設会社を持っていて、今は婿に継がせてるのは知ってるな」

三人が頷く。

「河出自身も、入り婿なんでしたね」

「うん、その義父の会社を引き継いだ後、議員になったんだが、専ら道路工事をやっていた経歴と人脈を生かして、交通政策委員長に収まった。道路の建設に関しては、いろいろと口を挟んでくるんで、開発局あたりからはだいぶ煙たがられてる」

なるほどな、と阿方は得心した。河出議員は、上辺は頼れる好人物のように振る舞っているが、本質は利権屋なのだ。

「道庁の道路担当者なんかが、しょっちゅう呼びつけられて怒鳴られてる、って噂を聞いたことがありますよ」

門原が、目で先を促しながら言った。

「特に、高規格幹線道路の優先順位にはうるさいらしい。留萌羽幌道路も、必要性に疑問があったのに、河出がごり押ししたんだそうだ」

「出てきましたか、あの道路が。つまりは、思った通り道路利権が動いていると」

「服部課長が言うには、だいぶきな臭いらしい。あの道路のA工区は、本命と思われてた建設会社があって、談合の可能性が高いってんで、二課も目を付けてた。ところが、その会社がなぜか降りてな。受注したのは他の会社だった。そのせいで、潰れた下請けもあったようだ」

「そこに河出が一枚嚙んでいると。本命の会社を降ろすのに、河出が裏で動いたんですね」

「断定する証拠はない、と服部課長は言うが、どこまで捜査しているのかはさすがに言わん。だが、河出が絡む似たような話は、何件もあると匂わせてたよ」

そこで安積は反対側の隅にいる八木沢を、ちらりと見た。

「河出は鉄道には冷淡だ。だがＪＲも、不採算路線の整理には河出の力を利用しているらしい。線路を廃止する代わりに、代替道路に金をつぎ込むのは地元を説得する材料になるし、河出としては好都合というわけだ」

「ほう、本来は鉄道にとって敵のはずの河出と、そこでは利害が一致するんですか。面白い」

門原は顎を撫でながら、しきりに頷いた。

「河出は、談合のフィクサーとして動いていたんですか」

おそらくこの中では、周辺事情に最も暗いであろう阿方が、控え目に聞いた。安積はちょっと眉を上げたが、面倒臭そうな顔は見せなかった。

「フィクサーという言い方が適切かどうかは、わかりませんがね」

安積が淡々と言う。

「道路建設工事の入札があるときは、入札に参加する建設会社の調整や、談合に参加する会社の選別を仕切っているようです」

「二課が目を付けているということは、それに関して金が動いているんですか」

「そう。調整行為はグレーですが、金が動くとなると別です。それに、調整に関して道庁や開発局の職員に何らかの圧力をかけているとなれば、斡旋行為ですからね」

議員が業者に頼まれて公務員に影響力を及ぼし、便宜を図るよう斡旋して報酬を得た場合は、三年以下の懲役となる。二課はそれを狙っているのか。

「その調整に従わなければ、どうなります」

「従わない業者は、干されます。服部課長によると、過去にどうしても納得がいかず、調整に逆らって入札に参加した業者は二、三あったようですが、それ以後一件も落札できずに潰れたとか。村八分ですな。ただし、故意に入札妨害した証拠はありません」

「なるほど。建設業者としては、河出に従っておいたほうが無難だと」

「河出の調整によって、安定的に仕事が得られるなら、喜んで従う業者のほうが多いでしょう」

「それはもう、談合そのものですね」

「その通りです。業者を揺さぶっても、なかなか河出の名前は出さないから、二課はもう何年も嗅ぎ回ってるのに、思うような成果が上がらないようで。私も、今回の事件まではあまり知らなかったんですが、そんなことらしいですな」

阿方は苦々しく頷いた。

「河出に恨みを持つ者が多いことが、改めて実感できますな」

そこで門原が安積に言った。

「どうでしょう、このまま悠長に待っているわけにもいきません。河出を揺さぶりますか」

安積も二課長との電話で、その気になっていたらしい。すぐに賛同した。

「よし。一億七千五百五十万の秘密、聞かせてもらうとするか」

安積、門原、阿方の三人が署長室に入ると、河出は苛立ちと傲慢の混ざり合った目付きで迎えた。

「あんた方は何をやってるんですか。もう犯人は何者かわかったんですか。捜査本部にどかっと座ったままで事件は解決できんでしょう。いったいどうなってるんです」

口角泡を飛ばす、という勢いで畳みかけてくる。ずっと相手をさせられていた柳沢は、見るからに辟易していた。

「少なくとも、犯人の一人は特定できました」

安積があっさりと言ったので、河出は一瞬、言葉に詰まった。

「え、何？　そいつはどこの何者ですか」

「天塩でダンプカーの運転手をしている、宇藤真二郎という六十過ぎの男です。お心当たりは」

「はァ？　そんな男は知りませんよ。建設会社をやっていたと言っても、ダンプの運転手までは……」

河出の怒鳴り声が、突然止まった。そして、何かに驚いたように目を見開いた。

「お心当たりが、おありなんですね」

「あ、いやいや、知らんと言ってるじゃないですか。運転手個人との付き合いはない」

安積が確かめるように聞くと、河出は間髪入れずに答えた。やはり早過ぎるし、口調も強過ぎる。河出は宇藤を知っている、と安積たちは確信した。

「そうですか。では、別の話をさせていただきましょう」

安積は逆らわず、話を変えた。

「身代金、一億七千五百五十万円のことです」

「またその話を蒸し返すんですか。何度聞かれても同じだ」

「あえて何度も伺いますが、本当にお心当たりがないのですか」

「くどいですぞ。あんたは何が言いたいんだ」

「留萌羽幌道路A工区のことはどうです」

秘書の顔色が変わった。河出は口元を歪めたが、秘書よりは落ち着いていた。

「あの道路か。ふむ」

河出は少し考える仕草をした。それが小芝居だというのは、見え見えだった。

「そうか、総工費だな。思い出しましたよ。身代金の額は、A工区の総工費の一パーセントだ。これは驚いたな」

「そうです。さすがに偶然とは思えません」

「犯人は、工事の関係者だと言うんですか」

「断定はできませんが、少なくとも、この工事に何か思うところがあるようです。失礼ですが、先生はこの工事に絡んで、何か恨みを買ったご記憶はありませんか」

「待ってください。まるで工事について私が何かやったような言い方だ」

河出も秘書も怒りを露わにしたが、安積は動じていない。

「先生にご記憶がなくても、犯人には覚えがあるんでしょう」

「馬鹿げている。何億という金が絡む話に、どうしてダンプカーの運転手などが関わりを持つんです」

「犯人は複数です。宇藤が直接絡んでいなくても、その何億かで痛い目に遭った方々がおられるのでは」

「入札に負けた業者は当然いるが、そんなことでいちいち恨みを持っていたのでは、公共工事などできませんよ」

河出は、食い下がる安積の矛先を逸らそうと頑張っているようだ。頬が朱に染まった。

「留萌羽幌道路は、開発局や道庁の反対を押し切って着工されたそうですね。先生のご尽力が相当あったと聞きますが」

「私は交通政策委員長として、必要性があると判断したから強く推したんだ。それが問題だとでも言うんですか」

「いいえ。でも留萌周辺や道央、道北の業者は潤うでしょう。先生も建設業のご出身なわけですし……」

「今さら何だ。当てこすりかね。私は選挙で選ばれとるんです。出身地域や支持団体の利益を考えて何が悪い。そもそも、建設を決定したのは開発局だ」

河出は次第に開き直ってきた。このまましばらく押せば、不用意なことを口走るかもしれない。阿方は口を出さず、期待を持って見守った。

「それについてとやかく申し上げるつもりはございませんが、これは人質事件なんです。事は急を要します」

安積は身を乗り出し、河出を睨んだ。見下した態度を取り続けていた河出が、目を逸らした。

「単刀直入にお伺いします。総工費の一割、十七億五千五百万で、何が行われたんです」

「何か根拠があって言っているんですか」

河出が目を戻し、睨み返してきた。

「田山は電話で身代金の前に、わざわざこの金額を言いました。そこには意味があるはずです。今ここにいる人間の中で、その意味がわかるのはあなただけです。いや、秘書の方もご存知ですかな」

ハヤカワ時代ミステリ文庫

[10日発売] eb4月

JA1426

吉原美味草紙 おせっかいの長芋きんとん

出水千春

父を亡くした桜子は、吉原の見世で料理人になる夢を追う。おせっかいな気質が昂じて、手作り料理で揉めごとを解いてゆき……

本体680円

JA1427

按《あん》針《じん》

仁志耕一郎

航海士ウィリアム・アダムスは徳川家康に三浦按針の名を授かり、様々な試練に立ち向かう。日本を愛した青い目の武士の冒険浪漫

本体940円

ネット上で旋風を巻き起こした衝撃作を含む短篇集

ピュア

小野美由紀

eb4月

ユミは学園星ユングに暮らす普通の女の子。女性はこの時代、国を守るために子供を産むことを宿命づけられている。ただし妊娠には、地球に暮らしている男たちを文字通り「食べる」ことがもとめられていた――早川書房noteで閲覧数一位の衝撃作、ついに書籍化

四六判上製　本体1700円[16日発売]

秘書が慌てて首を横に振った。河出は秘書を鋭い目付きで睨み、おとなしくさせてから向き直った。

「疑わしいと思うなら、当時の入札担当官にでも聞けばいい」

「それは改めてさせてもらいますが、今は時間がありません」

「あんたは何か、私が総工費の一割をポケットに入れたとでも思っとるのか」

これには安積も、笑って否定せざるを得なかった。

「いえいえ。そんな単純な話だとは思っておりません」

「じゃあ、何だと思うんだ」

「それがわからないので、こうしてお尋ねしております」

河出は唇を引き結んだ。二人の視線がぶつかり合う。

「河出先生、人命がかかっていることをお忘れなく」

「そんなことはわかっている。だからこそ、私はここにいるんだ。だが、人質の命なら犯人の要求に従うのが先だろう。身代金を払えば解放するんでしょうが」

身代金を要求されたのは自分なのに、JRに押し付けておいてよく言うな、と阿方は鼻白んだ。

「それはそうです。しかし、どうやって解放するのかはまだわかりません。宇藤以外の犯人たちはどういう連中なのか、こんなことを起こした動機は何なのか、早急にそれを探り出す必要があるのです」

「動機？　それは要求通り、金に決まってるじゃ……」

　そこで電話が鳴った。全員がぎくりとして、一斉に電話機に視線を向けた。安積は、河出に電話に出るよう目で合図した。河出は、どこかほっとしたような顔を見せた。

「はい、河出だ」

「留萌本線の廃止撤回、三時のニュースで発表しろ」

　その一言だけで、また切られた。

「ふん、またしても一方的に言いおって」

　河出は不快そうに受話器を置いた。

「どうせまた東京の公衆電話で、捕まえることはできませんでした、と言うんでしょう」

「まあ、おそらくは」

　安積は渋い顔をした。田山を捕まえられないことより、河出への追及を田山に邪魔されてしまったのが不満なのに違いない。

「河出先生、ニュースでの発表ですが」

「ＪＲにやってもらえばいい。こいつは私が発表するのは筋違いだ」

　これに関しては、河出の言う通りだ。安積も「わかりました」と返答し、それを潮に署長室を辞した。

講堂に戻ると、安積の顔を見るなり捜査員が報告した。

「今度は表参道です。やはり、間に合いませんでした」

「だろうな」

安積はもはや口惜しさも見せずに、あっさり受け流した。

「八木沢さん」

呼ばれたJRの職員が、安積の前に来た。

「今のを聞かれたと思いますが」

「ええ、廃止撤回を発表しろと。しかし、そう簡単に決定するのは……」

「決定なんかする必要はないでしょう。とりあえず、犯人の要求に従って廃止を一旦撤回すると発表しておいて、事件が片付いてから廃止撤回を撤回すればいい。脅迫によるものなんですから、発表をひっくり返しても文句は出ないでしょう」

「ああ……それはそうですね」

八木沢は納得して頷き、スマホを出して上司に連絡を入れた。

「ちょっと残念でしたな。もう少し押せば、河出が何か漏らしそうだったのに」

阿方は安積の傍に寄って囁《ささや》いた。

「まあ、仕方ないでしょう。人質が解放されてから、じっくり絞り上げましょう」

「道警の上の方に、圧力をかけてきませんかね」

「普段ならやるでしょうが、これだけ注目を集めてる事件ですからねえ。地検の特捜も当然目を付けているだろうし、下手に動けば藪蛇《やぶへび》です。それより、金や脅しで関係者の口を塞ごうと動き回るんじゃないですか。そこを押さえられればもっけの幸いですが」

いずれにせよ、この後で河出を落とすには時間がかかるだろう。今のように切迫した状況下で責めたてた方が、効果があったろうに。

「しかし河出も、一つ正しいことを言いましたよ。この話に、どうしてダンプの運転手なんかが関わりを持つのか、というところですが」

「ああ、それは」

確かに、河出が何らかの不正に一枚嚙んでいるとしても、天塩のダンプカーの運転手に直接関わりがあるとは思えない。

「宇藤は二年前から採石場に出入りしていたんでしたね」

「ええ。それ以前に何をやっていたかは調べている最中です。重要なのは、宇藤の交友関係です。そこで留萌羽幌道路に関わっている誰かが出てくれれば、お誂《あつら》え向きなんですがね」

安積がそう言ったところで、また捜査員からの報告が来た。

「一課長、深川署からです。宇藤の車が見つかりました」

「おう、そうか。場所は」

「深川駅裏の駐車場です。JRの用地内に鉄道利用客用に設けたところで、無料で管理員もおらず、出入り自由なので、いつから止まっていたか正確なところはわかりません」

「4921Dの発車前なら、早朝で利用していた車は少ないだろう。誰か覚えていないか」

「はあ、車が少なかったのは確かですが、それ以上に人も少ないので、目撃者は今のところ見つかっていません」

安積は、しょうがないなと首を振った。

「これで、宇藤がハイジャックの実行犯なのはほぼ確定だ。しかし」

安積はちらりと阿方を見て言った。

「主犯なのかどうかは、まだこれからですね」


煙の臭いが、だいぶ濃くなってきた。天井近くが霞んできたようだ。赤崎が落ち着かなげに、天井やドアに何度も目を向けている。あと一時間もしないうちに限界がくるのではないか。

「おい、まだこのままトンネルの中に居座るつもりかね。この煙、どうにかできんのか」

下山が棘《とげ》のある声で言った。浦本は、またか、と眉根を寄せる。どうしてこのオヤジ、こんな状況でも上から目線を続けられるんだ。

(ある意味、見上げた根性だな)

現役時代の部下は、さぞかし大変だったろう。

「もう少しの辛抱だ」

無視するかと思っていた山田が、応じた。さっき撮った動画を見返して編集していた芳賀と多宮が、それを聞いて顔を上げた。

「よかった。お腹空いてしょうがないし」

何を呑気な、と浦本は思ったが、自分もひどい空腹だった。ここにいる全員、深川を出てから何も食べていないのだ。人質事件では、立てこもった犯人が食料を要求するシーンがよくあるが、そんな気配はなさそうだ。短期決戦だから、その間くらい飲まず食わずで我慢しろ、というわけか。食料差し入れは警察にとっても突入のチャンスになるので、避けるのは賢明かもしれないが。

「あのー、また一つ聞いていいですか」

浦本は、空腹を忘れるために話しかけた。山田が舌打ちをする。だが、応答はしてくれた。

「何だ、今度は」

「さっき、河出の名前が出ましたよね。知り合いなんですか。夕張でも、睨みつけてるみたいだったし」

　これを聞いた芳賀が、編集を中断してまた撮影を始めた。多宮が「河出って誰？」と小さく呟いた。

「河出か」

　吐き捨てるように、山田が言った。

「奴はクソだ」

「どう、クソなんです」

「奴は、道路を好き勝手にしている」

「どういうことでしょう」

「自分の都合で、建設の優先順位をつけてやがる。地位に物を言わせて、開発局や道庁にねじ込み、もっともらしい理屈をこねて、渋る役人を苛め倒す。関係者の間じゃ、酷く怖がられてる。一方、道路がほしい地域の連中は、奴におもねる」

　山田の台詞が長くなった。やはり、だいぶ溜まったものがあるようだ。

「お金が動くんですか」

「当たり前だ。道路がほしい奴らがまず、出す。工事が決まると、奴は業者に工事を割り振る。割り振られた業者が、礼金を出す。入札なんぞ、茶番だ」

「いわゆる談合ですか」

「まあな。談合は、業者同士で集まって行う。だが、奴はその後ろで糸を引いてる。談合自体のシナリオを、奴が作ってるんだ」

「官製談合の変形みたいなもんですか」

「そうとも言える。もともと談合は、業者の中のどこかが独り勝ちしないよう、ダンピングを排除して平等に仕事を割り振るのが目的だ。河出の場合は、自分の利益が最優先になってる。自分の仕切りに従わない業者は、徹底的にスポイルする」

「なんかさあ、悪い奴じゃん」

多宮が、少々間の抜けた感想を漏らした。山田がニヤリとする。

「そうだな。悪い奴だ。だから、痛めつけてやらにゃあ、な」

「それって……河出に身代金を払わせる、とか」

山田はそれには返事をしなかった。

「河出は、どうしてそんな力を持ったんですか」

「奴はもともと、建設業者だった。公平に言えば、商売の腕は確かにあった。やがて、談合の幹事役をやるようになった。その後、道議会議員になってからも、奴は談合に関わり続けた。初めは業者たちも奴を利用していたんだが、そのうちに奴に首根っこを押さえられるようになっちまったんだ」

力と才のある奴とは、そういうものなのか。しかし、自分みたいにそのどちらもない者はどうなる。永遠に、奴らに踏み台にされるだけじゃないか。浦本は次第に腹が立ってきた。

「ふざけやがって」

つい、そんな言葉が口をついて出た。山田がまたニヤリとする。

「その通りだ。ふざけた話だ。だから、一発食らわせてやる」

「それが目的だったんですか」

浦本は、納得して確かめるように聞いた。

「ああ。河出を引きずり出す。身代金を取って、奴の道路のために潰される留萌本線を、復活させる」

そういう主張なら、賛同できる。浦本は拍手したい気分だった。

正しく言えば、留萌本線の廃止は高規格道路のせいだけではない。河出が何をしようと、鉄道需要そのものが消えかけているのでは、留萌本線の存続は難しかったのだ。それでも、こうした流れに一矢報いようとする考えは気に入った。

「よくわかりました。その河出って奴を懲《こ》らしめるためなら、少々の不便は辛抱します」

浦本はそう言い切り、腕組みした。下山は何も言わないが、浦本に渋面を向けている。山田のやり方が気に入らないのだろう。下山のような人種は、どちらかと言うと河出の側にいるのかもしれない。芳賀と多宮は、何だかよくわからないまま、感心している風だ。

赤崎はただ、当惑している。

山田は浦本を見返した。そして、微かに頷いた。


「もう二時か」

時計を見た門原が、怒ったように呟いた。この本部の見立てでは、あと一時間がヤマだ。宇藤の周辺に関しては、菅井の部下たちが天塩署と協力して懸命に洗っている。だが、三時までに成果を期待するのは、いくらなんでも難しいだろう。河出は、頑として口を割らない。ここで一時間のうちにできることは、あまりなかった。

安積たちは、JR本社と話している八木沢を注視していた。目下、動きのあるところはそれだけだ。

「どうにか、手配できました」

八木沢が通話を終え、スマホを置いた。

「三時のニュースには鉄道本部長が出ます。そこで留萌本線廃止を一旦中止する旨、表明します。広報で今、メディアへの連絡をやっています」

「ご苦労様です。道警本部からも、各メディアへは知らせています。事情は了解しているはずですから、面倒な質問は出ないと思います」

シナリオに従った会見になる、ということだ。犯人向けのパフォーマンスであり、人命最優先を旗印にすれば、記者連中も無理は言えない。

「それと、経理の方もスタンバイできたそうです。犯人からの指示があり次第、振り込みを実施できるよう、パソコンの前に担当者が張り付いています」

「よろしくお願いします」

安積は頷いて礼を述べてから、門原に尋ねた。

「深川へ行ったSATはどうしてる。もう準備はできてるんじゃないのか」

「ああ、もう三時間経ってますね。完璧を期するなら、ギリギリまでシミュレーションしたいところでしょうが」

「何があるかわからん。そろそろ、トンネル近くに移動するよう言ってくれ」

「了解です」

門原が返事したところで、広報官が一階から上がってきた。

「一課長、何か出せるネタはありませんか。午前中に一度会見した後は放りっぱなしみたいになってますから、記者連中がだいぶ熱くなってまして」

「犯人からの要求で留萌本線廃止の件についてJRが会見すると、ちょっと前に知らせたじゃないか」

安積が眉間に皺を寄せる。広報官はだいぶ困っているようだ。

「要求は本当にそれだけか、身代金とかはないのか、と食い下がられてまして」

身代金については、金額が象徴的なだけに、そのまま発表すると憶測が際限なく広がりそうなので、今のところ伏せてある。だが一方で、身代金要求はないと嘘は言えないため、記者たちはそこを突いているのだ。

「まあ、これだけのことを起こして要求が路線廃止撤回だけ、というんじゃ納得しがたいんでしょうな」

阿方が溜息混じりに言うと、安積は嫌な顔をした。

「それだけじゃないです。どうやら、河出先生が来ていると感づいていますね」

「ばれちまったか。しょうがねえな」

門原が舌打ちする。

「黒塗りのレクサスで、正門前を走ったりするからだ。こっそり消防署側から入ってくれと、道警本部から言っといたはずなのに」

安積が、やれやれと首を振る。

「済まんが、広報でもうしばらく抑えてくれ」

「どのくらいもたせればいいんですか」

「あと一時間。三時のニュースを指定してきたからには、その時間に動きがあると思う。だが、それは記者には言うなよ」

「わかりました。何とかやります」

広報官は、汗を拭きながら出ていった。その「動き」次第では、もしかすると蜂の巣をつついたような騒ぎになるかもしれないな、と阿方は広報官を気の毒に思った。

（留萌本線、廃止撤回か）

阿方は、そっと線路の走る方向に目をやった。そちらは壁で、無論線路などは見えない。だが、阿方の目には、確かに線路が映っていた。遠い日の、留萌本線。何十両もの石炭車を連ねた貨物列車を、空を隠すほどの煙を噴き上げ、力強く牽引していった蒸気機関車。目を閉じれば、腹の底に響く汽笛の音が、今にも聞こえてくるようだ。

（もう、どれほど経つのか）

遠い記憶が、甦《よみがえ》る。幼い日の阿方にとって、留萌本線の汽車は純粋に憧れだった。旅客列車はすでに全部ディーゼル車になっており、石炭の香りを嗅ぎながら客車に揺られる経験には与《あずか》れなかったが、国鉄のディーゼル列車は炭鉱鉄道のものよりひと回り大きく、立派に見えた。

急行列車も、何本か走っていた。その中に一本、札幌に直通するものがあった。当時は留萌から海岸を北上して幌延に至る羽幌線があって、その急行は幌延から出発し、朝の九時半ごろに留萌を通り、お昼前後に札幌に着いた。今から思えば、他の普通列車と同じ車両を使っていたようだが、子供の目には、札幌に行くというだけで輝いて見えたのだ。

（実際に乗って札幌に行ったのは、二、三度か）

親戚の結婚式とか、法事とか、そんな用事だった。そういう行事でもない限り、札幌まで出かけることはなかった。だから、留萌本線の急行に乗れたときは、本当にわくわくしたものだ。

（列車で札幌に行くのは、本当に一大イベントだったな）

札幌駅で帰りの列車を待っているとき、駅の時刻表に「青函連絡船接続」の文字があり、青森での接続列車と上野駅着の時刻が記されているのを見た。千歳から一時間半で羽田に飛べる時代になってはいたが、その頃の東京は阿方にとって、はるか遠い未知の世界だった。

そう言えば、留萌駅の運賃表には、「内地」の表示があって、仙台や東京までの運賃が書かれていた。留萌本線は、連絡船を介して東京まで通じているのだ。それが、何かとてもすごいことのように思えた。

時が流れ、国鉄がJRになる頃、羽幌線は消えた。赤字路線廃止の対象になったのだ。留萌本線の急行も、消えた。阿方は警察に入り、この地を離れた。人々の足は、車に変わっていた。子供の憧れを乗せていた留萌本線は、いつしか本線の名も恥ずかしいような、色褪せたローカル線になっていた。

キャリアの最後にこの地に戻ってきてからも、留萌本線に乗ることはなかった。輝いていた急行列車の記憶は、まるで封印されたかのように記憶の底に沈んでいた。

（それが、こんな形で再びこの線に絡むことになるとは）

この地に帰った阿方を、留萌本線が最期を看取ってくれと呼んでいるような気がした。

阿方は安積と菅井を、後ろから交互に見た。

（こんな気分は、札幌住まいの安積課長にも、クルマ世代の菅井課長にも、わからんだろうな）

もしかすると、今回の関係者でこの気分を共有できるのは、犯人の宇藤だけではなかろうか。そう思うと、留萌本線を舞台に選んだ宇藤の心中が、少しだけわかるような気がした。


多宮が、激しく咳き込んだ。

「ちょっともう、これ無理だよ」

芳賀もハンカチで口と鼻を押さえて、泣き言を漏らした。車室内に侵入した排気煙は、ますます濃くなっている。

「少々の不便は辛抱しますと言ったけど、さすがにこれはまずいですよ」

浦本もハンカチで顔の下半分を覆った。少し離れて下山の咳が聞こえる。腕時計を見た。二時五十分。

「本当にあと十分で終わるんでしょうね」

「ああ」

山田は唸るように返事してから、一同を見渡した。

「いいだろう。そろそろ用意も必要だ。これからの段取りを話しておく」

全員が目を見開き、山田に注目した。山田が軽く手を振る。

「ここから、俺の指示通りに動いてもらう。爆薬のことを忘れるなよ」

山田は念を押すように、床に置いたキャリーバッグを叩いた。わかっていますとばかりに、皆が何度も頷く。浦本は山田がトイレに行ったときに一度バッグに触れようとした。だが、下山に止められた。それ以後はバッグに手を出していない。下山はそのことを口にしなかった。

「よし。まず運転士、こっちに寄れ」

赤崎が、ぎくりとして肩を震わせた。


講堂にいる捜査員たちは、誰もが落ち着かなげに、繰り返し時計に目をやっていた。阿方も同じだ。さっきから三度、時計を見たが、その間には一分ちょっとしか経過していなかった。二時五十四分。

「何をしてやがる。もう三時になるじゃないか……」

門原の呟きは、全員の苛立ちと不安を表していた。三時までに金を振り込めるよう用意しろと言ったのに、もう五分しか残されていない。安積は、数分前から署長室で、河出と共に電話を待っている。八木沢は、JR本社と通話したままにしている。

「インターネットでの振り込みなら、いつでもできます。犯人が指定したとはいえ、三時にこだわり過ぎる必要はないかもしれません」

捜査員の一人が、注意を促すように言った。門原は目で、そんなことは承知だと告げ、捜査員を黙らせた。

ハイジャックのニュースは、道内ではぶっ通しで中継されていた。銀行も事情を承知しており、道内各支店では振込先口座が指定され次第、対処できるようにしている。田山が東京から電話していることも考慮し、警視庁へも対応を依頼してあった。こっちを焦らせるつもりなら、そんなことをしても意味は……。

電話が鳴った。担当の捜査員が飛び付く。八木沢と、各所への連絡を扱う捜査員が一斉に身構えた。

「来ました!」

捜査員が叫び、すぐさま署長室に回す。スピーカーから、河出が応答する声が聞こえた。

「振込先だ。口座名義は、田山義之《よしゆき》」

誰もが動き出し、講堂がざわめく。

「九州銀行長崎支店、普通2805 7××」

そこで電話は切れた。ミュートボタンを押したように、ざわめきが止まった。虚を突かれた、とはこういう状況を言うのだろう。一瞬の間を置いて、門原が叫んだ。

「九州だと！」

その一言で呪縛が解け、捜査員たちがどっと喚き始めた。

第七章　疾走

「こちらは北海道警察です。緊急の用件です。支店長さんをお願いします」

門原は、電話に出た女性行員に畳みかけるように言った。この支店の番号を調べて電話すると自動音声案内に切り替わっており、案内に従って行員と話せる番号にかけ直すまでに貴重な何分かを浪費している。その間に、ＪＲの経理部は振込手続きを完了していた。

「ああ、はい、お世話になっております」

相手は、業務用の決まり文句で応じた。初めて電話するのに、お世話なんかしていない！　と怒鳴りたそうな顔で、門原は急き込む。

「至急、支店長さんに」

「支店長は、外出しております。どのようなご用件でしょうか。お差し支えなければ……」

差し支えるに決まっている。門原の顔が真っ赤に染まった。

「だったら、誰か権限のある人に代わってくれ！　とにかく緊急なんだ」

「は、はい、少々お待ちください」

保留ボタンが押されたらしく、オルゴールが聞こえた。門原は今にも受話器を叩きつけそうだ。しかし、急げと言われても、向こうは当惑するばかりだろう。長崎の銀行支店に北海道警から直接電話が入るなど、まずあることではない。電話自体の真偽のほどを疑い、通常のセキュリティ手順に従って処理するのではないか。

「まさか九州、と思ったが、これが犯人の狙いかもしれん。時間稼ぎだ」

河出のところから駆け戻った安積が、腹立たしげに言った。

「お電話代わりました。副支店長の長谷川《はせがわ》と申します」

年が明けるのではないかというほど待って、スピーカーから男の声が聞こえた。だが、実際に待たされたのは、せいぜい十数秒だろう。

「北海道警察の門原と申します。緊急事態です。北海道の留萌本線で起きている、ハイジャック事件をご存知ですね」

「えっ？　ああ、列車が乗っ取られて何人か人質になっている件ですね。昼休みにニュースを見ましたが」

「そちらの口座が、事件に使われています」

「何ですって？　北海道の事件にどうしてうちの口座が……」

長谷川副支店長の声からは、明らかな困惑が感じ取れる。門原は、大急ぎで事情を説明した。阿方は壁の時計をまた見上げた。時刻は三時を七分ほど過ぎていた。

「JRの会見が始まります」

つけっ放しのテレビを指して、捜査員の一人が言った。全員の目が向くなか、八木沢が捜査員たちの間を縫って一番前に出てきた。画面で、JRのロゴをバックにした初老の制服姿の男が大写しになる。これが鉄道本部長らしい。

「えー、本日発生いたしました留萌本線第4921D列車の乗っ取り事件につきまして、お客様始め、多数の皆様にご不便とご迷惑をおかけしておりますことを、深くお詫び申し上げます」

JRが謝る話ではなかろうに、そんな前置きは飛ばして肝心のことを早く、と阿方は心中で急かした。

「ご承知のように留萌本線は、すでに廃止が決定しておりますが、犯人側からこれを撤回するようにとの要求がありまして、当社といたしましては、お客様と職員の人命をまず第一と考え、この廃止の決定を一旦取り下げることと……」

そこまで進んだところで、無線が鳴った。

「留萌3号より本部、留萌3号より本部」

ひどく切迫した佐々木の声が響いた。会見を見守っていた安積と捜査員たちが、さっとそちらを向いた。

「よく聞けよ。三時を少し過ぎたら、俺が合図する。そうしたら、列車を動かせ」

傍らに引き寄せた赤崎に、山田は噛んで含めるように言った。

「は、はい。発車させるんですね」

赤崎は緊張で肩を強張らせている。

「そうだ。ただし、速度は三十キロを超えるな。二十五キロより落としても駄目だ。わかったか」

「はい、発車したら、二十五キロから三十キロの間を維持、ですね」

「でも、警察は止めようとするんじゃないですか」

すぐ後ろで聞いていた浦本は、つい口を挟んだ。下山が、また余計なことを言いおって、とばかりに浦本の腕を叩く。

「だろうな。絶対に止まるな。止めたら、爆破する。警察も滅多なことで手は出せん」

山田は、爆薬入りのキャリーバッグを顎で示した。

「けど、警察は止めたら爆破するってことを知らないのでは」

「心配いらん。ちゃんと伝わってる」

山田は自信があるようだ。外の仲間が連絡してあるのだろう。

「とにかく、峠下までは三十キロ以下で行け。だが、峠下を過ぎたらすぐに六十キロまで加速しろ。窓のカーテンは全部閉めたままにして、そのまま終点まで行け」

「え?」

赤崎が困惑を顔に出した。

「六十キロで走るのはいいですが、終点の留萌に着いたらどうするんです。ホームの少し先で、線路は途切れてますよ」

それを聞いた多宮が、「えー、やだ、脱線しちゃうじゃん」と甲高い声をあげた。下山が「ちょっと黙ってなさい」と苛立ちをぶつける。多宮は、口をへの字に曲げた。

「留萌に着いたら、所定の位置に止まれ。後は好きにしていい」

「はあ? 普通に止まっていいんですか。今しがた、止めたら爆破するって」

「位置情報のわかるセンサーを組み込んである。留萌の手前で止めたら爆発するが、留萌駅のホームでは大丈夫だ」

浦本は目を見開いた。そんな高度な装置が仕掛けられているのか。しかし留萌で止めていいなら、それまでには事件の決着がつくのだろうか。

「つまりその、留萌まで走れば、あなたの要求は達成されたことになる、と」

浦本はあえて言ってみた。多宮が眉間に皺を寄せる。

「何それ。意味わかんないんですけど」

山田は口元に薄笑いを浮かべた。

「まあ、どうとでも考えりゃいい。さて、そろそろだな」

山田は赤崎に、運転室へ行け、と手で指図した。赤崎はおもむろに立ち上がり、急ぎ足で車両の前に向かった。

「うわ」

デッキへ出る扉を開けた赤崎が、顔を背けた。デッキは車室より、排気煙がずっと濃くなっている。赤崎はハンカチで口と鼻を覆い、運転席に入った。至急換気しなければ窒息しそうだ。

「おい、デッキへ行け。俺の合図を見て、運転士に伝えろ」

山田が浦本の肩を叩いて言った。

「あ、はい。それで、あの……」

「何だ。まだ聞きたいことがあるのか」

山田が舌打ちして、浦本の顔を見る。浦本は慌てて続けた。

「留萌へ着けば、留萌本線の廃止は取り消されている、と思っていいんでしょうか」

その質問に、山田は一瞬、驚いたようだ。浦本はさらに言い足した。

「それも大事な目的なんでしょう」

山田の口元が緩んだ。

「それは、向こう次第だな」

それから、浦本の顔をまじまじと見て言った。

「あんたも、留萌本線を廃止してほしくないようだな」

「ええ。線路は一度なくしてしまえば復活はほとんど無理です。どんなローカル線でも残せとは言いませんが、仮にも本線の名がついている路線です。存在の重みが、違うはずです」

「存在の重み、か」

山田はその一語を反芻《はんすう》するように、顎を掻いた。

「あんた、さっき手を貸してもいいなんて言ってたな」

「あ……ええ」

「だったら、ちゃんとこの列車を、留萌まで走らせろ」

「わ……わかりました」

浦本は何度も頷き、赤崎と同じように、ハンカチで顔を押さえてデッキへの扉口に立った。

振り向くと、山田はバッグからガスマスクのようなものを出し、顔に装着していた。あれは確か、防災用の簡易型防煙マスクだ。

「外へ出るんですか」

思わず聞いた。山田は答えず、後方へ向かった。爆薬入りのキャリーバッグは置いたままだ。下山が、驚いたようにその様子を見つめている。

山田は後部のデッキに出ると、運転室の右側にある車掌台に入り、乗務員用扉を開けた。排気煙で、山田の姿が薄くなった。そこから飛び降りるのかと思ったとき、山田が振り向いて、浦本に向かい右手をさっと振り下ろした。

「赤崎さん、発車だ！」

合図を見た浦本は、運転室に叫んだ。赤崎はずっと緊張していたようだが、何年もやってきた運転動作には、さすがに迷いがなかった。逆転レバーを前進に入れ、ブレーキハンドルを動かしてブレーキを解除する。シューッという、聞き慣れた音がした。左手で握った主幹制御器《マスコン》ハンドルをぐいっと回す。エンジンの回転数が上がり、一拍置いて、キハ54は徐々に前進を始めた。浦本は後部を振り返った。煙で見えにくくなっていたが、思った通り、山田の姿はもうなかった。

スピードがゆっくりと上がり始める。だが、山田は三十キロ以下を指定していた。赤崎は、二十五キロになったところで、マスコンを戻した。エンジンの唸りが低くなり、気動車はゆっくりとトンネル出口に向かう。

前方に明かりがさしてきた。車内灯はずっと点いていたとはいえ、トンネルの闇に八時間以上も閉じ込められていたのだ。煙を通して入ってくる光が眩しい。間もなく、列車の正面にトンネル出口が現れた。一瞬、浦本の目には出口の向こうが、真っ白に見えた。

「本部より留萌3号。どうした」

「列車が、動き出しました」

何ッ、と菅井が叫んだ。

「留萌3号、列車はどっちへ向かっている」

講堂全体が騒然とするなか、マイクをひったくった安積が聞いた。佐々木は、だいぶ泡を食っているようだ。そう言えば、三時ごろには動きがある、との見解は佐々木には伝わっていなかった。

「ええ、トンネル出口からの連絡では、こちらに、留萌に向かっているとのことで……あ、音が聞こえます。接近しています」

「そのまま状況を確認せよ。視認できるか」

「いいえ、まだ遠いし木が多くて……」

「トンネル出口から、さらに連絡はないか」

「皆、列車を追っています」

「え？」

これには安積だけでなく、阿方も戸惑った。トンネル付近には道路がないのに、どうやって列車を追っているのだ。まさか、足で走っているのか。

「ええ、その、列車はかなり遅いスピードのようで。線路を走って、追いかけています」

なんと、本当に駆け足で追っているのか。

「どれくらいの速度か、わかるか」

「はい、ええと……あっ、列車が見えました。視認しました。やはり遅いようです」

「いったい何をするつもりだ」

菅井が困惑混じりに呟いた。阿方も同じ思いだ。速度を上げて逃げるのかと思いきや、人が走って追いつけそうなほど低速とは。

「今、目の前に来ました。速度は、ええと、二十……いや、三十キロほどと思われます。あ、今、通過しました。窓は全部、カーテンが下りています。追っている部隊は、もうだいぶ引き離されています」

当たり前だ。たとえ三十キロ程度の低速でも、足場の悪い線路上を走る人間が、ディーゼル車両にかなうわけがない。

「運転席は見えたか」

「はい、運転士一人だけです」

犯人は、見えないよう姿勢を低くしているか、客室内にいるのだろう。

「峠下駅周辺の各車へ。列車が接近中。警戒せよ」

菅井が別の無線機で指示を飛ばす。

「八木沢さん！」

安積が大声で呼んだ。

「峠下駅の信号はどうなってますか」

「場内、出発とも青です。留萌方面に進路を開けてありますから」

「赤にできますね」

「ええ、もちろん。指令に連絡します。間に合えばいいんですが」

八木沢が急いでスマホを取り出すのと同時に、電話が鳴った。捜査員が通話ボタンを押すと、聞き慣れた声が聞こえた。

「田山だ。留萌までの信号は青にしろ。列車を止めたら、爆破する」

明確にそう言って、切れた。安積がテーブルを叩く。

「測ったようなタイミングですな」

阿方は半ば感心して言った。

「測っているに決まっています」

安積が怒りを滲ませる。

「どうします。このまま走らせますか」

八木沢が手を止めて、尋ねた。安積は渋々頷いた。

「菅井さん、峠下にいる車輛部隊に、列車を追わせてくれ」

菅井がすぐに反応し、無線で指示を送った。

「しかし、留萌に着いたらどうなります。その先、線路は行き止まりですよ」

八木沢が焦って聞いてくるのを、安積が制した。

「田山もそんなことは承知です。何か企みがあるはずだ」

「企みって、どんな」

「それがわかれば苦労はありません。とにかく、留萌駅に列車が向かっている旨を連絡してください。万一に備えて、駅から旅客と職員を退避させるように」

言われた八木沢は、初めて思い出したかのように大慌てでスマホを叩いた。

「深川1号より本部」

また無線が鳴った。今度は深川署のパトカーだ。

「深川1号、こちら本部」

「深川署の成川《なりかわ》です。列車は留萌へ走行中なんですか」

成川は、深川署の刑事課長だ。トンネルの深川方の坑口で配置に付いていた、深川署員を指揮している。安積がマイクを取った。

「一課長です。列車は留萌へ走行中。犯人から、留萌まで列車を止めるなと言ってきた。現在、車輛で列車を追跡中」

「了解です。追跡に応援が必要ですか」

「いや、こちらはいい。トンネル周辺に残って、現場保存をお願いします。トンネルの中は入れそうかな」

「いえ、まだ煙がひどく充満していて、中の様子はわかりません」

「了解、中に入れたら、また連絡を」

承知しましたと成川が返事し、無線が切れた。安積は一旦、無線機から離れかけたが、はっとしたように振り向いた。

「トンネルの留萌側にいた機動隊の小隊長を呼び出してくれ」

電波が届かなかったので、彼らとは直接交信できなかったが、列車を追ってきたならもう交信可能範囲に来ているはずだ。捜査員が呼び出すと、思った通り直ちに応答があった。

「申し訳ありません、列車には追いつけませんでした」

残念そうな声が言った。疲れ果てた息遣いが感じ取れる。

「それはいい。今、トンネル出口には何人いる」

「えっ」

相手が一瞬、絶句した。

「いえ、全員で列車を追いましたので……」

「誰もいないのか！」

安積の口調に、小隊長が動揺する気配が伝わった。

「あっ、はい、申し訳ありませんッ」

「すぐに戻って、トンネルの様子を報告しろ」

機動隊員が、大慌てで駆け戻る姿が目に見えるようだ。

「もしや、犯人がとっくに列車を降りたかも、と？」

安積の動きを見ていた阿方が尋ねた。安積は、苦り切った顔で頷いた。

「その可能性は、考えておくべきでした。杞憂ならいいんだが」

「あの、一課長……」

門原が声をかけた。門原はさっきから、九州銀行との折衝を続けていたはずだ。いつの間にか、話は終わっていたらしい。阿方は、うまくいきましたかと聞きかけた。が、すぐ言葉を呑み込んだ。門原の顔に、何とも言えない表情が浮かんでいたからだ。

「何だ、どうした」

安積も門原の顔を見て、眉間に皺を寄せた。門原がおずおずと答える。

「恐縮ですが、また道警本部を通していただけませんか。どうにも埒《らち》が……」

一瞬真っ白になった景色は、すぐに目が慣れて緑に変わった。赤崎が警笛を鳴らした。同時に列車は、久々の陽光の下に飛び出した。浦本は急いで車室に戻り、閉じてあった天井の換気口《ベンチレーター》を、次々に開けていった。

「わあ、やっと出られたよ」

芳賀が、安堵の叫びを上げた。

「窓開けようよ。煙を早く出さないと、堪んないよ」

多宮がそう言って窓に取りつくのを、下山が押さえた。

「駄目だ。カーテンを閉めっ放しにしとけと、奴が言ってたろう」

「えー、だって、もうあいつ、降りたじゃん」

「爆薬は積んだままなんだぞ。どんな仕掛けがしてあるか、わかったものじゃない。留萌に着くまで、奴の指示通りにするんだ」

下山の言うのも、もっともだ。ここは余計なことをしないほうがいい。多宮は不満そうだったが、結局指示に従った。

「うわ、何だありゃ」

浦本は後部運転室の窓を通して後方を見ると、思わず声をあげた。制服姿の武装警官たちが、懸命に線路を走ってこの列車を追っている。

「えー、お巡りさんたち、何やってるの」

気づいて後方を見た多宮が、呆れ顔で言った。

「走ってこっちに追いつこうとしてるみたいだな」

「追いつけるかなあ」

「向こうからは追いつけそうに見えてるのかもしれんが、砂利《じゃり》と枕木を踏んで走ってるんだぞ。こんな足場じゃ、オリンピックの短距離選手でも無理だろ」

「止まって待ってあげたら」

「何を呑気な。山田は、止まったら爆発すると言ってたろう」

下山がいくらか怒気を含んだ声で、多宮を制した。多宮は「うぜぇオヤジ」と小さく呟くと、そっぽを向いた。

列車はゆるやかにカーブを切りつつ、よく繁った木々の間を抜けて行く。人家は見えない。普段なら、気持ちのいい景色だろう。後ろの警官たちは、次第に引き離されていった。

いきなり、外から重なり合うサイレンの音が襲いかかってきた。下山が反応し、前方デッキに向かった。浦本も後を追う。

デッキに出ると、ドアの窓から赤色灯が見えた。このあたりは線路に沿った道路があるらしい。そこを、パトカーが列車と並走しているのだ。浦本は窓に近寄り、覗き込んだ。

だが、下山に腕を引っ張られた。

「やめときなさい。窓のカーテンを下ろさせたままなのは、外に車内の様子を見せるなということだろう。身を低くしてたほうがいい」

「いや、しかし、外の様子は気になりますし、センサーがあってもそこまでは……」

「いいから、余計なことはするな」

浦本は、むっとして下山を睨んだ。人に命令するのに慣れてるクソオヤジめ。この様子じゃ、保身第一で生きてきたんだろう。

前方に信号機が見えた。峠下駅の場内信号機だ。信号現示は進行、つまり青になっている。定時運転であれば、4921Dはここで上り4920Dと行き違うのだが、今は上り列車の姿はない。代わりに、二つのホームには警官の制服が溢れていた。

ポイントを越え、ホームに接近する。赤崎は、ブレーキハンドルに手をかけた。反射的な行動だろう。それを見た浦本は、急いで怒鳴った。

「赤崎さん、止めちゃ駄目だ。指示通りにしないと」

「いや、しかし」

赤崎は顎でホームを示した。

「警察があんなに……」

「警察がいるからって、止めることはない。それで爆発したら、どうするんです。山田に言われた通りここは通過して、それから六十キロに上げるしかないでしょう」

ここで止めたら、列車はもう動かせない。やはり浦本は、この列車を何とか留萌に着けたかった。

「仕方ないな。通過しますよ」

赤崎も、冒険はできないと諦めたようだ。右手をブレーキハンドルから離すと、窓越しに警官に向かって振り、下がれと合図して警笛を鳴らした。傍らの下山は、驚きを浮かべた顔で浦本を見ている。下山も、峠下に停車させるのをやめさせるつもりだったようだが、先んじて浦本が動くとは思っていなかったのだろう。浦本自身も、一瞬とは言え主役を演じている自分が信じられなかった。


「峠下駅より本部、峠下駅より本部」

峠下に配置した部隊の指揮官からだ。もちろん無人駅で、乗降客は普段でもほとんどいない。今はホームも周囲も二十人以上の警官が固めている。

「はい、本部」

「列車を視認しました。およそ三十キロほどの速度で接近中。見える限りでは、車体に異常はありません」

無線からサイレンの音がかぶさって聞こえる。トンネル近くに配されていた留萌3号他の車輛が、列車を追っているのだろう。

「通過の際に車内を確認せよ」

「了解しました。あー、列車が場内信号機を通過。まもなくホームにかかります」

「間違っても列車の進行を妨害するな」

「承知しています。運転台が見えます。運転士以外に人影は見えません。あー、運転士がこっちに気づきました。手を振っています。近寄るなと言っているようです」

無線から、列車の警笛が響いた。二度、三度と鳴っている。駅の警官隊に警告を送っているのだろう。停車したら爆破する、との脅迫は、運転士にも行われたに違いない。

「只今、ホームを通過。速度落ちません。窓には全部カーテンが下りています。車内は確認できません」

菅井が舌打ちした。だが、犯人もそのくらいの用心はして当然だろう。

「出発信号機を通過。駅構内を出ます。これより追跡……あっ、速度が上がった模様です」

道警本部と電話しながら通信を聞いていた安積の眉間に、また一瞬皺が寄った。峠下まで三十キロ程度を維持して、駅を通過した途端に加速した。これには、理由があるのだろうか。

峠下の指揮官が、通信終了を告げた。パトカーに飛び乗って、列車を追うのだ。峠下からは、留萌の一つ手前の大和田駅付近まで十五キロ余り、国道二三三号線が線路と並行する。国道では、阿方の部下の署員たちが交通規制をかけているので、パトカーは障害なしで列車を追える。しかし朝から生活道路を閉鎖された住民は、相当な不便を強いられていた。学校は授業を打ち切ったし、休業した店もあるらしい。町ごとハイジャックされたようなものだな、と阿方は渋面になった。

浦本は運転台の脇にしゃがみ、警察が何か列車を止める措置を講じているのでは、と心配していた。が、ホームにさしかかっても何事も起きない。警官たちは一歩下がり、そのまま列車を見送った。

留萌側のポイントを越えたところで、赤崎が言った。

「峠下駅の出発信号機を過ぎました。六十に加速します」

「了解」

浦本が応じると、列車の速度が上がり始めた。

「あ、通じてる」

後ろで芳賀の喜びの声がした。携帯の電波が届くようになったのだろう。振り返って見ると、芳賀は早速スマホを操作していた。

左手から国道が寄り添い、何台もの警察車輌が並んで走っているのが見えた。サイレンの音が輻輳《ふくそう》し、アブラゼミのようにうるさい。

「警察は、こっちを止める気はないみたいだな」

浦本が呟くと、下山が言った。

「やっぱり外の仲間が警察に、止めたら爆破すると知らせたんだ。山田が言った通りだ」

だから我々も指示通りにするしかないんだ、と言いたいようだ。浦本も異存はない。黙って前方を注視した。

「留萌線指令より４９２１Ｄ」

ふいに、微かな雑音が混じった声がした。赤崎がさっと列車無線の送受信機に目をやった。列車無線がこの列車を呼び出しているのだ。

「４９２１Ｄ、こちら留萌線指令」

無線が再び声をあげる。赤崎が承認を求めるように下山と浦本を見た。浦本は、かぶりを振った。

「えー、４９２１Ｄの運転士さん、聞こえたら応答してください」

赤崎は残念そうに列車無線を一瞥してから、前方に目を戻した。無線は数度繰り返された後、沈黙した。

列車は緑濃い風景の中を、速くも遅くもない速度でゆったりと走り続けている。ぴったり寄り添う国道の警察車輛の集団がなければ、実にのんびりしたローカル線の旅だ。上空をヘリが横切るのも、ちらりと見えた。

まったく、とんでもない大名行列だ、と浦本は嘆息した。

「はい、こちら上空のヘリです。映像でご覧いただけますでしょうか。乗っ取られた列車が先ほど動き出し、留萌へ向かっています」

つけっ放しのテレビから聞こえる声に、阿方をはじめ何人かが画面に目を移した。大画面に空撮映像が流れている。

「画面中央、列車が動いています。スピードははっきりわかりませんが、六十キロくらい出ているのではないでしょうか。並行する国道は一般車の通行が止められていまして、パトカーの車列が列車を追って移動しています……」

アナウンサーの言葉通り、画面の真中を留萌へと向かう銀色の車体が、小さいながらもはっきりと見えた。すぐ横の国道には、警察車輛の赤色灯が一列に連なって、列車と同じ速さで動いている。警察無線の報告より、テレビ映像のほうが状況を明確に把握できた。

「道警《こっち》のヘリは、何をやってるんだ」

菅井が苛立った声をあげる。捜査員の間から、ちょうど給油中ですとの答えが返ってきた。聞いた菅井は、デスクを蹴飛ばした。

「留萌3号より本部、列車は現在、およそ六十キロの速度で走行中。車両の状況に変化はないようです」

ヘリのアナウンサーが推定した速度は、かなり正確だったようだ。

「通常のダイヤなら、あのへんでは八十キロくらい出します。意図的に速度を抑えているようですね」

八木沢が言って、時計を見た。

「このままだと、あと二十分足らずで留萌駅に着きます」

「安積課長、留萌駅に移動しますか」

菅井が聞いた。この留萌署から駅までは、パトカーなら二分もあれば着く。

「あっ、テレビの中継車が移動を始めました」

窓の外を見た捜査員が、大声で言った。留萌駅で中継を行うつもりだ。安積が叫ぶ。

「よし、駅へ行く。マスコミに後れを取るわけにはいかん」

「課長、銀行のほうは……」

門原が確かめるように聞く。安積は首を振った。

「今は列車が先だ。九州銀行との折衝は、道警本部に任せた。菅井さん、ここを頼む」

安積は脱いでいた上着を引っ摑み、講堂から走り出た。門原と阿方が続く。足音と気配でわかったのか、署長室から河出議員の守り役をしていた柳沢が、飛び出してきた。安積に追いついて階段を駆け下りる。四人はひと塊となって玄関を出た。

慌ただしく動いていた玄関前の報道陣が、安積を見てさっと道を開けた。普段なら逆に前を塞いでマイクを突きつけるところだが、彼らも状況をよくわかっているようだ。傍らに止めてあった専用車の運転席に柳沢が飛び乗り、安積たち三人が乗るとすぐに発進した。

署の正門を出て後ろを振り向くと、記者連中が一斉にそれぞれの車に乗り込んでいた。こっちを追うのだ。早くも先陣争いで、正門が混乱している。

三時を境に状況が一気に動き出し、何もかもが輻輳していた。この騒ぎの中で現場を指揮する安積は、顔が強張っている。些細な判断ミスも許されない以上、プレッシャーは相当なものだろう。阿方は、つくづく自分がこの本部の指揮官でなくてよかったと思わずにはいられなかった。

緩やかなカーブの先に、木々に囲まれた小さなホームが見えた。

「幌糠《ほろぬか》、通過します」

赤崎が指差して、言った。土を盛って作った短いホーム一本だけの駅だ。通過するときにちらっと見ると、古い車掌車の車体を白と青に塗っただけのちっぽけな駅舎があり、その陰に二人の警官がいるのが確認できた。動こうとしないところを見ると、この列車が無事通過するのを見届けるだけの役目だろう。

列車は速度を保ったまま、幌糠のホームを通過した。

「留萌まであとどのくらいかかる」

下山が赤崎に聞いた。

「この速度なら、十六、七分でしょう」

トンネルで待っていた時間からすれば、あっという間だ。本当にその時間で、決着がつくのだろうか。浦本には、どうも現実感がないように思えて仕方がなかった。

線路は右に左にとうねりながら、畑の中を縫っていく。やがて国道が上り坂になり、線路の上を越えて反対側に出た。赤色灯の長い列が、列車と交差する。ふと気がつくと、サイレンの音は消えていた。国道は通行規制をかけているだろうから、緊急走行の必要がないことにようやく誰かが気づき、騒音を止めたのだろう。

前方に、また駅のホームが現れた。

「藤山《ふじやま》、通過します」

赤崎が再び指差して確認する。ここには、古い木造駅舎があった。だいぶ傷んでおり、もとの半分の大きさに縮められているが、昭和の国鉄時代の風情をよく残している。その両脇にも、やはり警官の姿があった。通過するとき、一人は無線を使っているように見えた。異常なく通過、と本部に連絡しているのだろう。

国道が少し線路から離れ、赤色灯が見えなくなった。と言っても、上空のヘリが見ているので、こちらの姿が警察の目から消えているわけではない。下山が時計を見た。

「あと十分ほどか」

それきり、車内の五人は押し黙った。浦本同様、十分でこの騒ぎが終わるとは信じ難く、緊張しているのだ。

国道が右から接近し、再び線路の上を越えた。赤色灯の列は、進みも遅れもせず、律儀に列車に張り付いている。交通規制区間の終わりが近いのか、サイレンの音が復活した。

「大和田、通過します」

留萌までの最後の駅だ。ここも同じような短い土と砂利のホーム。少し離れた奥に、放置された廃車体かと思うような駅舎があった。警官が二人で警戒しているのも、前の駅と同じだ。線路の周囲には建物が目に付き始めた。

間もなく鉄橋を渡る。国道は川を越えず、左にカーブして離れて行った。ここから国道は市街中心部へと向かい、線路は市街地北側の山裾を通って留萌駅に至る。

列車は、淡々と進んでいった。赤崎は前方を真っ直ぐ見据え、時折、左手でマスコンハンドルを動かして速度を調整している。速度計は浦本からは半分しか見えないが、針は六十キロを指したままブレていないようだ。左のドアの窓からは、留萌の市街が見える。あの家々にいる人たちは、テレビでこの事件の中継を見ているだろうか。まさにその事件の列車が自分の家の傍を走る音を聞いて、どんな気分でいるだろう。

やがて緑色の鉄橋が見えてきた。その向こうに、信号機。鉄橋を渡れば、留萌駅の構内に入るのだ。浦本は、両手を握りしめた。横にいる下山は、唇を引き結んでいる。

車内に轟音が響き、列車は鉄橋を渡った。赤崎が警笛を鳴らす。緩く左にカーブを切ったところで、正面に留萌駅の跨線橋が見えた。線路は真っ直ぐ、ホームへ続いている。右に分岐してもう一つのホームに入る線があるが、ポイントはそちらに切り替わってはいないようだ。このまま行くと通常通り、駅舎に張り付いた一番線ホームに入ることになる。

ここからは見えないが、そこは警官でいっぱいに違いない。

留萌駅前には規制線が敷かれ、駅前広場には一般の立ち入りができなくなっている。列車の通常運行は停止されたままなので、当然、乗客の姿もない。

駅舎の正面に、SATの車輛が止まっていた。深川でのシミュレーションを終えて、駆け付けてきたらしい。そう言えばさっき、留萌駅に向かっていると無線連絡が入っていた。列車の動きに伴い、様々な報告が次から次へと入ったので、応答できなかったのだ。

急いで駅舎に入ると、改札口に制服姿の恰幅のいい男が待っていた。駅長の苫井《とまい》だ。こちらに気づくと、疲れを滲ませた顔に小さく笑みを浮かべ、敬礼した。

「やれやれ、来てもらえましたか。ご苦労様です」

苫井は、百年分の心配事をいっぺんに背負ったみたいだ。阿方とは地元の活動を通じて、互いによく知った仲である。阿方同様、定年間近で、つつがなくキャリアを終えようとする寸前に、どうしてこんな災難が降ってきたかと天を呪っているに相違ない。

「苫井さん、こちら道警の安積一課長です。この事件の捜査指揮を執っています」

安積を紹介すると、苫井は再び敬礼した。安積も敬礼を返す。

「このたびは、どうも。問題の列車は、あと十五分くらいで来るそうですね」

安積が確認すると、苫井は頷いた。

「六十キロで走っているなら、そうなります。生憎、ここでは途中の状況を知る術が、テレビの映像しかないもので」

「列車無線はもう通じるんでしょう。応答はありませんか」

「ええ、こっちと運転指令から交互に呼び出しているんですが、応答ありません。犯人から応答するなと言われているか、無線機を壊されたかでしょうな」

そこへホーム側からSATの友永隊長が現れ、安積の前で姿勢を正した。

「うちの隊員は、ホームに配置しました。列車が到着したら、直ちに突入できる態勢です。間に合ってよかったです」

「よし。とにかく列車が着いてみないと、車内がどうなっているか全くわからん。そもそも、どこで止まるのかもわからんのだ。ここまでの途中で止まる可能性は低いと思うが」

「しかし、この先は行き止まりです。ここで止まるしかないでしょう」

そこで苫井が言った。

「ホーム先端からほんの何十メートルかでレールは切れています。それ以上行けば脱線です。私も、素直にホームに止まると思いますが」

安積はホームの先に見える車止めを見て、頷いた。

「そうですね。ホームに通常と同様に止まると考えましょう。だが、そこで何をする気なのか……」

「立てこもる気ではありませんか」

友永は、その時こそ自分たちの腕の見せどころ、と気負っているようだ。安積は首を捻ったが、犯人がトンネルで列車を降りた可能性もあることは、ここでは言わなかった。

「最悪、そのつもりで構えておこう」

友永は直ちに、柱の陰に待機する部下に合図を送った。

「では、JRの皆さんは駅から離れてください」

友永が胸を張って指示したが、これに苫井は異を唱えた。

「そうはいきません。列車と乗客に対する責任は、JRにあります」

友永がむっとした顔になった。

「爆弾を積んでるんですよ」

「駅員は退避させます。だが、誰もいなくなったら何かあったとき、対応が取れません」

苫井は、自分一人だけでもホームに残って見届けるつもりだ。

「対応するのは警察の仕事だ。素人が残っていても……」

さらに言おうとする友永を、苫井が止めた。

「車両や信号や線路設備についても、あなた方は玄人ですか」

友永が言葉に詰まった。これを聞いた安積がすぐに頭を下げた。

「申し訳ない。よろしくお願いします」

友永はそれ以上言えなくなり、視線を逸らせた。苫井は安積に一礼してから、阿方に頷いて見せた。阿方も頷きを返し、頭を下げた。

それからは、ただ待つだけだった。ホームから見渡せば、駅裏側の公園や道路に数百人が群れ集まっているのがわかる。マスコミと、地元の住人だ。公園には立ち入りを制限するコーンを置いたのだが、全体に警官を配置するほど人員に余裕がない。結果、大勢が駅構内を観察できる位置に遠巻きに並ぶ格好になっていた。

「列車が入って来たら、見物席から丸見えだ。あの連中にとっちゃ、一大イベントでしょうな」

門原が人垣に顎をしゃくり、不快そうに言った。阿方は曖昧に「ええ、まあ」と応じたが、門原ほどには彼らを責める気になれなかった。地元の住人にとっては、我が町にふりかかったここ何十年で最大の事件なのだ。成り行きを心配して見に来るのも、当然だろう。排除している暇はないし、あの距離ならおそらく、爆発してもさして影響はあるまい。

時計を見ると、まだ五分あった。阿方はこの間に、気になっていたことを尋ねた。

「九州銀行のほうは、どうなったんです」

「ああ、その件ですが」

門原の口調からは、気まずさが感じ取れた。

「田山の口座を押さえるのに協力を要請したんですが、あちらは正当な手続きを踏めの一点張りでしてね。列車乗っ取り事件の犯人の口座なんだぞ、っていくら言っても駄目なんです」

「正当な手続きというと、長崎県警を通じて書面で要請するよう言われたんですか」

「書面は後でもいいが、口座を差し止めるにはマニュアル通りの対応をしてもらわないと困る、と言うんですよ。つまり、然るべき部署の然るべき担当官から、銀行の然るべき立場の者にフォーマット通りの要請をかけろ、ってことです」

「堅苦しいですな」

「ええ、まったく。だいぶ粘ったんですが、頑《かたく》なで」

おそらく、苛立った門原がかなり強圧的な態度で迫ったので、相手が余計に硬化したのだろう。

「とにかく電話一本では要請に応じられない、ってね。緊急事態だからそんな手続きは飛ばせ、と言ったんですが、手続きはいかなる場合でも厳格に守れときつく指導しているのは、警察じゃないかと言い返されちまった。さすがにぐうの音も出なくて、これじゃ時間の無駄なので、道警本部に課長から言ってもらったんです」

門原は溜息混じりにぼやいた。確かに電話だけでは、本当に道警からのものなのか、相手は確認できない。振り込め詐欺やマネーロンダリングの問題で、銀行口座の管理は日を追うごとに厳格化しているのだが、それが今回は仇になったようだ。

「仕方ないでしょうな。現場を前にしたこっちと、二千キロ離れた長崎とじゃ、どうしても温度差があるからねえ」

「向こうは何も間違ったことを言ってないだけに、いくら腹が立ってもどうしようもありません。まいりましたよ」

門原は苦笑し、頭を掻いた。つられて苦笑しかけた阿方は、そこで笑みを消した。もし、この手続きの面倒さも犯人が計算していたとしたら？　そこで稼いだ時間に、何か企んでいるということはないだろうか……。

そんなことを考えかけたとき、遠くから多数のサイレンの音が聞こえてきた。門原の顔に、緊張が走った。列車を追跡している警察車輛の集団が、市街に入ったのだ。


駅前広場に一列になった車輛の群れが、進入してきた。一つ手前の大和田駅を過ぎたあたりで、国道は線路から離れて市街地へ向かう。そこから留萌駅までは、線路にぴったり並走する道がないので、車列は一気にスピードを上げ、先回りしたのだ。

駅舎に駆け込んできた機動隊員を安積が制し、ホームにはＳＡＴが布陣を整えているので改札周辺で待機するよう指示した。同時に到着した爆発物処理班も一緒だ。列車が着くまで、もう三十秒ほどだろう。

警笛が鳴り、キハ54型車両の銀色の顔が見えた。

「来たぞーッ！　用意いいか」

門原が怒鳴る。言わずもがなだが、気合を入れる効果はあったようだ。苫井と並んで駅務室の扉の横に立つ阿方は、全員が身構える気配を感じた。

数秒後、駅舎と一体になっている一番線に、4921D列車が滑り込んできた。車輪がレールの継ぎ目を踏む、ダタン、ダタンという音。ディーゼルエンジンの唸り。ブレーキが軋む音。それらが混然となって、がらんとしたホームに響き渡る。いつもの列車到着と、何ら変わらない光景だ。ただし、今この列車を迎えるのは駅員でも乗客でもなく、武装して緊張を漲らせた警官たちばかりである。

「八時間五十分遅れか」

傍らで、懐中時計を見た苫井が呟いた。いかにも生粋の鉄道マンらしい反応だな、と阿方は思った。

車両の先端が、ホームに接近する。柱の陰には、思った通り警官の制服が見えた。赤崎がブレーキハンドルを動かした。浦本は、反射的に振り返り、爆薬入りのキャリーバックを見た。本当に、止まっても爆発しないんだろうか。そんな心配をよそに、床下でブレーキの音がして、ぐっと速度が落ちた。下山は浦本の隣に立って、食い入るように前を見つめている。ずっとスマホを操作していた芳賀も、今は一緒に息を詰めている。「やっと終わるんだ」後ろで多宮が小さく呟くのが聞こえた。

ブレーキがさらに大きく軋み、九時間近く遅れた４９２１Ｄは、一番線の所定の位置に停車した。改札の外側から、安積が車両を睨みつけている。ＳＡＴの隊員が身じろぎした。突入の構えか、と思った刹那、運転士が乗務員室扉の窓から顔を出し、ホームを確認する仕草をした。

「異常ないみたいだな」

また苫井が呟く。どうやら、運転士は通常の手順に従っているらしい。全員の目が、運転士に注がれる。その目の前で、プシュッと音がしてドアが開いた。

最初に降りてきたのは、若い女性だった。続いてもう一人、同じ年格好の女性。この二人の名前は、わかっている。芳賀敦美と、多宮由佳。ニュースを見て仰天した親から連絡があり、顔写真もデータで受け取った。二人の家族は三時間前に留萌に着き、マスコミを避けて市内のホテルに待機してもらっている。

続いて降りたのは、少々太った、鉄道マニア風の若い男。カメラバッグを肩に掛けている。この男についても、家族から連絡があった。浦本克己という三十過ぎのフリーターだ。そしてあと一人、六十過ぎと見える男性が降りてきた。この人物についてはまだ名前もわかっていない。人質はこれで全員だ。そして犯人は……。

四人が降り立ったのを見て、赤崎運転士が乗務員室扉を開けた。ほぼ同時に、柱の陰などで状況を見つめていたSATが殺到した。安積と門原も飛び出し、赤崎と乗客四人を、ほとんど突き飛ばすようにして改札を抜けさせた。待機していた機動隊員が、すかさず彼らを包み込む。

「犯人なら、もういないぞ」

年嵩の乗客がホームを振り返り、突入するSATに向かって大声で言った。

「犯人は、ここに着く前に列車を降りたんですね」

安積が確かめると、「ああ」という短い返事が返ってきた。

「どこで降りたんです」

「トンネルを出る前だ」

懸念した通り、犯人は動き出した列車から逃れていたのだ。安積は門原を振り返って言った。

「トンネルに戻った機動隊からの報告では、トンネルには異常はないとのことだったな」

「はい。連中が列車を追いかけた隙に、犯人はトンネルから出たんでしょう」

門原が苦い顔をする。

「大至急、付近を捜索させろ」

門原の「承知しました」との返事を聞いて、安積は乗客たちに向き直った。

「とにかく、こちらへ」

一旦、全員を駅務室に入れた。駅前の規制線の外にいるマスコミのカメラも、この中までは撮れない。

「私、旭川の下山です」

聞かれる前に、年嵩の男が名乗った。

「下山さんですか。わかりました、後から事情を伺いますので。どこも怪我はありませんか」

「怪我はしとりません」

門原が他の四人にも聞いた。誰一人、怪我も体調不良もないようだ。安積と阿方は、揃って安堵の息を吐いた。とにもかくにも、人質は全員無事だ。

ホームに目をやると、友永が頭を振りながら車両のドアを出るところだった。下山が言った通り、犯人の姿は見つからなかったのだ。入れ違いに、爆発物処理班が機材と共に車両に乗り込んだ。

阿方は、解放された五人を一人ずつ、見ていった。女性二人は、くたびれた、というように椅子に座り込んでおり、一人がスマホの画面を確かめている。鉄道マニア風の男、浦本は落ち着かない様子で、目をそわそわと動かしている。手にしたカメラをやたら撫でまわすものの、さすがにここでは撮影などする状況でないと理解し、辛抱しているようだ。下山は、力が抜けたように動かず、俯いている。

「すみません、とりあえず連絡はご家族だけにしてください。それ以外は、事情をお伺いしてから、ということで」

門原が、いかつい顔を可能な限り和らげて要請した。浦本は、言われて初めて気がついたかのようにスマホを出した。

「あ、お母さん、私。うん、うん、大丈夫。大変だったよー。え、テレビで解放されたって言ってた？　うん、ついさっき。そう、うん、何も。うん、何もなかったし、怪我もしてないよ。由佳も、他の人も。え、留萌にいるの。うん、わかった。え、やだ、泣かないでよ。やめてって。ほんと、大丈夫だし……」

芳賀と多宮は、同じように家族に電話しながら涙声になった。電話の向こうで、ずっと心配していた母親が、安堵で泣いているのだ。こういう光景を見ると、阿方も心底ほっとする。最悪の結果にならず、本当によかった。

「あ、お母ちゃん。俺。うん、大丈夫だった。何もないから。ほんと、大丈夫だって。あぁ」

浦本が俯き加減で喋っている声が聞こえる。三十過ぎで「お母ちゃん」というのは、普段なら不似合いと感じるところだが、今は揶揄するつもりは全くなかった。

下山は、何もせずに座っていた。携帯電話を持っていないことはあるまいが、家族がいないのか、もしくは疎遠になっているのか。まあ、それはこの場で尋ねることではないだろう。

「移送、用意できました」

捜査員の一人が入ってきて、表のワゴン車を指差した。門原が頷き、皆さんご移動願います、と告げた。立ち上がりざま、芳賀がこちらを向いて聞いた。

「あのー、朝から何も食べてないんですけど、食事とか、あります？」

「ああ、はい、出すようにします」

警察に言う最初の台詞がこれか、と阿方は吹き出しそうになった。警務課長に電話して、捜査員用の弁当を五人分追加で頼むよう、言っておくか。

解放された人質たちが駅舎を出ると、代わって爆発物処理班の班長が安積のもとに来た。

安積は眉を上げた。

「早いじゃないか。もう爆薬を無力化できたのか」

班長と旧知の仲らしい安積が、驚きを含んだ声で聞いた。

「ありゃあ、フェイクだ」

「フェイク？　何の話だ」

安積が戸惑って聞き直す。班長は、鼻を鳴らした。

「ありゃ確かに爆薬だ。だが、爆発はせん」

「爆発しない？」

阿方と門原も驚き、思わず顔を見合わせた。

「あの手の爆薬は、ダイナマイトで起爆できると聞いたぞ。犯人は、ダイナマイトを持っていたはずだ」

「これのことか」

班長は、ひょいと手を差し出した。そこに握られているものを見て、安積が唸った。

「何だこれは」

それは、塩ビパイプを適当な長さに切って油紙とアルミホイルを巻き、ダイナマイトっぽく見せかけたものだった。素人なら騙せるかもしれないが、多少なりとも知識のある者が見れば、一発で見破られる代物だ。

「それじゃ何か。恵比島で列車を止めたとき爆発させたのが、唯一の本物だったわけか」

「そういうことだな。俺は本気だと見せかけるため、一本だけ本物を使ったんだろう」

「他に、センサーとか電気式の起爆装置は」

「ああ。リード線とかタイマーとか電池とか、いかにもそれらしい道具立てが仕込んであった。言うまでもないが、全部格好だけの偽物だ。人質の連中にこれを見せて、走り出した列車を止めたり、余計なことをしたら爆発するぞと脅したら、状況から言って信じたんじゃないかな。だが、犯人は最初から、爆破なんかする気はなかったんだ」

阿方はその日初めて、安積が唖然とした顔になるのを目にした。

第八章　捜　索

留萌署の本部に戻ると、菅井が安積の顔を見るなり、開口一番で言った。

「逃げられました。トンネルの両側で追っていますが、無線の状態が悪くて状況不明です」

「犯人は、トンネルから外の山へ逃げたんだな」

「はい。少なくとも、トンネルの中にはいない、との連絡だけ入りました。トンネル内はまだ煙がひどくて、本格的な検証には時間がかかりそうです。あと、山狩りの準備をするよう、指示しています」

「了解。乗客によると、犯人は山田と名乗っていたそうだ。ずっとサングラスをかけっぱなしだったが、見た目の印象を聞くと、やはり宇藤で間違いないな」

「山田ですか。電話してきた田山の名前を、ひっくり返しただけですね」

菅井は頷きながら、口惜しそうな顔をした。宇藤たちに虚仮《こけ》にされているような気分なのだろう。阿方は銀行口座の名義が田山の名になっているのが気になった。近頃は偽名で口座を開くのはかなり難しい。

「人質の聴取は、門原さんですか」

「ああ。見た目があれだから、人質が怯えなきゃいいんだが、かと言って優しそうなルックスの奴は、この本部にはおらんしな」

安積が冗談めかして言うと、菅井はお義理で笑った。

「河出先生は、どんな具合です。相当苛ついているのでは」

阿方が聞くと、菅井はすっかり忘れていたという風に頭を掻いた。

「さあて、少なくとも署長室から出てこられた様子はありませんから、おとなしく待ってるんじゃないでしょうか」

「そうか。じゃあ、ご機嫌伺いに行って、そろそろ解放して差し上げるか」

安積は皮肉っぽく言うと、阿方に軽く頷いて署長室に向かった。


「どうなっとるんです。こっちがぼうっと待っているうちに、事件は片づいてるじゃありませんか」

正面に座った安積の顔を見るなり、河出が嚙みついた。

「人質は全員、無事に解放されてる。もう人命云々は関係ないでしょう。用事は山ほどあるんだ。さっさと帰らせてもらいますよ」

河出はテレビの画面を指差した。今も留萌駅からの中継が続いており、アナウンサーは人質解放を繰り返し伝えている。

「ええ、長時間申し訳ありませんでした。おかげさまで、おっしゃる通り人質は解放されました」

「犯人はどうなったんです」

「トンネルで列車から降り、逃走中です。しかし、名前も顔もわかっていますから、逮捕は時間の問題でしょう」

「なんだ、捕まえ損ねたわけか」

河出は、馬鹿にしたように言った。安積は動じず、逆に鋭い目で見返した。

「そこで河出先生、本当にこの宇藤という男に心当たりはないんですか」

「ない。さっきも言ったでしょうが」

「お待ちいただいてる間に、もしかして思い出されてはいないかと考えまして」

河出の眉が、怒りに吊り上がる。安積は構わず続けた。

「一億七千五百五十万円についても、おっしゃることはありませんか」

「くどいな。何もない」

「何度も言いますが、あえて犯人はあなたを指名し、この金額をぶつけてきた。何かお考えがあって然るべきだと思いますが」

「もうこれ以上は。我々にもまったく見当がつかないんです。せっかく人質事件に協力するため出向いたのに、さすがに無礼でしょう」

秘書が前に出て、口を挟んだ。安積が凄味のある笑みを返し、秘書は少し怯んだ。

「わかりました。今日のところはお帰りいただいて結構です。お忙しいなか、ご協力誠にありがとうございました」

安積は御礼の部分にわざとらしく力を籠め、深々と頭を下げた。阿方もそれに倣う。頭上で、河出が「ふん」と鼻を鳴らすのが聞こえた。

「表はマスコミがまだ取り囲んでいます。署の者がご案内しますので、裏を抜けて消防署の方からお帰りください」

阿方が立ち上がり、恭《うやうや》しくドアを示した。河出と秘書は何も言わず席を立つと、憤然とした足取りで署長室を出た。


「だいぶ怒らせてしまいましたな」

階下の裏口まで河出を見送ってから、阿方が言った。安積がニヤリとする。

「怒ってもらって、大いに結構です。奴もだいぶ焦ってるはずだ。マスコミに自分の関与が疑われている以上、火消しに走ろうとするでしょう。その過程で、きっと何かしでかす。二課長は、手ぐすね引いてますよ」

二課だけでなく、地検も動くだろう。さらにマスコミの追及も受ければ、逃れられるとは思えない。

「もっとも、河出を引っ張れても二課の手柄で、こっちは宇藤たちを挙げない限り、点数にならんですがね」

「さて、その宇藤ですが」

阿方が考えながら言った。

「トンネルを出て山に入ったのは、計画した行動ですかね」

「間違いないでしょう。列車をまず、三十キロ以下で走らせたのが絶妙ですね」

「と、言いますと」

阿方は安積の言う意味が摑めず、首を傾げた。

「ちょっと運動のできる人なら、百メートルを十二、三秒、つまり時速二十七キロから三十キロで走れるでしょう。時速三十キロの列車なら、全力疾走すれば追いつけそうに見えます。トンネルの留萌側にいた機動隊の連中は、これに幻惑されてしまった」

「つまり、走って列車をつかまえられると思ったわけですか」

「列車には、犯人と人質がいる。だから追えるなら追わねば。咄嗟《とっさ》にそう考えるよう、仕向けられたわけです。でも、線路の上は陸上のトラックとは違う。装備も付けているし、そんな速度では実際には走れません。だが、それに気づいて冷静になったときには、トンネルを放り出してだいぶ離れてしまっていた。慌てて戻る前に、宇藤は悠々と山へ逃げ込めた」

阿方は唸った。安積の言うように計算ずくでその速度で走ったのなら、見事なものだ。

「いや、待ってくださいよ」

阿方はもう一度、首を傾げた。

「そこまで綿密な計画を立てていたなら、トンネルで列車を降りた後、どこへどう逃げるかも考えてあったでしょうな」

「そう、それなんです。歩いて山の中へ入ったとすると、大した距離は進めない。道路は警戒していますから、わざわざこっちの網の中へ飛び込んで来るとも思えない。何かプランを用意してあるのかもしれませんが、そこは何とも」

「山へ入るのは危険です。素人じゃ方角を失って迷いますよ」

「確かに。それを考えれば、さっき河出さんに言ったように、逮捕は時間の問題とも思えるんですが」

安積の言い方は歯切れが悪かった。理屈はともかく、そう簡単にはいかないかもしれない、という勘が働いているのだろう。それは阿方も同じだった。

事情聴取と言うから取調室に入るのかと思ったが、さすがにそれはなかった。浦本は留萌署一階の会議室で、隣の応接室に入る順番を待っていた。一番手は芳賀で、今現在、聴取を受けている。次は多宮で、それから浦本、下山、赤崎の順で話を聞くと言われていた。念のため病院へ一度行って、簡単に健康状態をチェックされたが、五人とも問題はなかったため、すぐに終わった。

(もう、留萌に着いて一時間以上経ったか)

トンネルを出て列車が走り出してからは、時の経つのが非常に速かった。その間、浦本は不思議な昂揚感に浸っていた。まるで自分が、留萌本線を救うためにハイジャックを起こした張本人であるかのような、そんな気分さえ味わったのだ。今もその昂揚が、わずかながら尾を引いている。

(だが、もう現実に戻っちまったな)

浦本の頭は、次第に冷静さを取り戻していた。留萌本線の廃止については、三時のニュースでJRが、廃止の棚上げを発表したそうだ。それは確かに喜ばしいことだったが、脅迫に屈した形でこのまま廃止が撤回されるわけではあるまい。時期が遅れる可能性はあるが、直接の原因である利用者の減少には何の変化もない以上、廃止は実行されるに違いない。

列車を降りた山田がどうなったかについては、警察は何も言ってくれない。雰囲気からすると、まだ逮捕されたわけではないようだ。山田の本名は宇藤だと聞かされたが、もとよりそんな名前に心当たりはなかった。

（結局、山田だか宇藤だかは、何がしたかったんだ。いろいろ言っていたが、ハイジャックという大層な手段に訴えたのは、どういう……）

そこまで考えたとき、応接室のドアが開いた。聴取に当たっていた何とかいういかつい顔の刑事が、慌てた様子で廊下へ出ていった。刑事がもう一人その後から出てきて、少しお待ちください、と会議室の一同に告げた。

その後から、芳賀が戸惑った様子で現れた。走り去った刑事の背中を目で追っている。

「どうしたんです。何かあったの」

思わず浦本は聞いた。芳賀は浦本の方を向くと、困ったような顔をした。

「あの電車の中で撮った、山田さんの動画なんだけど」

「ああ、インタビューみたいにして、山田が演説するのを撮ってたやつ」

「あれの話してたんだけど、そしたらあの刑事さんが、山田さんの喋ったのは、何つったっけ、動機、か。その参考になるから、動画全部ほしいって言われてぇ」

それは警察として、当然だ。

「で、渡したんでしょ」

「うん、そうなんだけど、これ、外へ流さないで、とか言われてぇ」

それも当然と言えば当然だろう。

「でも、そんなこと言われても無理だし」

「無理って、どうして」

「だって、もう全部ユーチューブに上げちゃったもん。トンネル出てから留萌に着くまでの間に」

浦本は、ぽかんとして芳賀を見つめた。そうか。留萌へ走行中、芳賀がスマホをいじっていたのはそのためだったか。


「……そして河出はこの道路で、自分たちの利権を今後も確保し、かつ懐を潤すため、建設費を水増しし、裏金を作り出したのだ。本気で調べれば、すぐにわかることだ。河出は今までも、このような手法でもって様々な利益を……」

安積たち本部の面々は、呆然とする思いでユーチューブで流れる宇藤の映像を凝視していた。

「何てこった、まったく」

菅井が呻くように言った。

「これは宇藤が、そうしろと指示していたのか」

安積が門原に確かめる。門原は、汗を拭きながら頷いた。

「芳賀とかいうこれを撮った女の子は、考えもせずその通りにしたのか」

安積は画面を敵《かたき》のように見つめて言った。一昔前なら、犯人の主張をそのまま世間に垂れ流すことなど決して許さなかったのだが、こういう手段を取られてはどうしようもない。

「考えもせず、と言いますか、これを流せばアクセス数がどっと増えると計算したようで」

有名ユーチューバーになりたかったわけか。しかし、これは賛否両論だろう。いや、炎上しようが何だろうが、話題になって再生回数が急上昇すれば勝ち、という考え方なのだろうか。

「見てください。再生回数、十万を超えてどんどん増え続けてます」

アップされてから一時間ちょっとで、もうネット上ではお祭り騒ぎだ。

「平日の五時前だってのに、まったく世の中にはヒマ人がどれだけいるんだ」

「これを見た連中のツイートも、どんどん出てきてます。秒単位で拡散中ですね」

ネットに詳しい若手捜査員の言葉に、安積は首を振って天井を仰いだ。

「河出から、名誉棄損で訴えられますよ」

「誰を訴えるんだ。芳賀は宇藤の指示に従っただけだし、宇藤を訴えても意味はない。騒げば騒ぐほど、藪蛇になる」

ただ告発動画を流しただけなら、名誉棄損で片づけられたかもしれないが、何しろハイジャック事件の現場映像なのだ。インパクトは大違いである。

「二課や地検が内偵を進めていたのなら、これでぶち壊しですな」

阿方が言うと、安積は思案顔になった。

「これだけ反響が大きければ、プラスになるかマイナスになるかは、わかりませんよ」

「と、おっしゃいますと」

「ハイジャック犯が河出を告発してるんです。二課と地検が証拠を押さえようと押さえまいと、マスコミは河出の周辺を根こそぎ洗い、晒し者にするでしょう。河出が反論しても、世論は認めない。特に、ネットは止められません」

「なるほど。田山が河出を交渉役に指名して引っ張り出したのは、晒し者にするためということですか。連中の主目的は、河出を破滅させることだったと」

安積が頷く。

「その点は、間違いないでしょう。留萌本線廃止についての意見も述べていますが、ほぼ常識論です。こんな大ごとを起こしてまで改めて主張する話ではない」

「しかし、身代金も払わせていますね」

「その身代金が、また巧妙です。留萌羽幌道路で行われた不正を、こうした形で突きつけるとは。単なる告発より、ずっと説得力がある。具体例を示すことによって、我々やマスコミをそこに集中させるわけです」

「一つの事件に絞って調べさせるのが狙いなんですね」

「そう、河出の関わった工事すべてを調べていたら、時間ばかりかかってなかなか思うような結果は出ない。二課や地検はともかく、マスコミは飽きっぽいですから。しかし、一カ所を総掛かりで掘れば、必ず何か出る」

「ふーむ。今さらながらですが、相当綿密に計画されていますな、これは」

「その通りです。それだけに、大きな疑問がある」

安積は難しい顔になって、頭を振った。それから、声を低めた。

「こんなことを、宇藤がすべて計画したとは思えない。そもそも、宇藤と河出の接点を思いつきません。相当深い接触がないと、留萌羽幌道路の件を知ることはできないでしょう」

「では、田山が計画の主犯だ、と見ておられるんですか」

「いや、今の段階では不明です。しかし、宇藤と田山だけではない可能性も充分にある。計画を立て、実行犯の宇藤と田山を動かしている司令塔の人物が、まだいるのかもしれません。いや、先入観は禁物ですがね」

「なるほど……そう考えたほうが、納得しやすいですな」

阿方もその考えには、賛成だった。

「宇藤の留萌本線廃止反対の意見が常識論、と言われましたが、おっしゃる通りです。教科書的で、河出を告発した部分に比べるとずいぶん薄っぺらでした。誰かが作ったシナリオ通りに喋っていたかのようです」

「薄っぺら、ですか」

　菅井が、確かにと頷く。

「こんなローカル線、その程度のものだ、ってわけですな」

「いや、そういうことじゃない」

　阿方はつい語気を強め、菅井が、ぎょっとした様子で体を引いた。

「留萌本線を舞台に選んだのは、おそらく宇藤なりの思い入れがあるからです。にもかかわらず、その思いをぶつけずに常識的な話だけしたのは、シナリオを守ったからでしょう。そして、シナリオを作った人物は、留萌本線にそれほどの思いを持っていない」

「あ、はあ……よくわかりました」

　菅井がいくらか困惑気味に肯定したとき、捜査員の一人が安積を呼んだ。

「一課長、お電話です。長崎県警からです」

　長崎、という声に安積は素早く反応した。電話に駆け寄り、急いで受話器を受け取る。

「はい、道警捜査一課の安積です。ああ、これはわざわざどうも。いえ、直にご連絡いただいて助かります。はい、はい……」

　安積は電話に集中している。長崎からである以上、身代金を振り込んだ口座のことに違いない。手続きが完了して、長崎県警が九州銀行に何らかの措置を取ってくれたのだ。やれやれ、手間暇かかったが、これで口座を押さえられる。

阿方がそう思って見ていると、予想に反して安積の顔つきが厳しくなった。驚きの声に、それは本当ですかと聞き直す声が続く。

電話を切った安積は、ふーっと大きな溜息をついた。

「まいったな」

安積の様子を見た門原が、進み出た。最初に九州銀行に電話したのは門原なので、大いに気になるのだろう。

「課長、どうなりましたか」

「うん、長崎県警が動いてくれて、田山名義の口座は押さえた。だが、一歩遅かったようだ」

「遅かったとは……」

門原は眉間に皺を寄せた。安積は、してやられたと言うように引きつった笑みを浮かべた。

「手続きに手間取っているうちに、銀行は通常の手順で仕事を進めていたよ。身代金は、長崎県警が要請を出す七分前に、香港の中国港龍銀行に送金されたそうだ」

第九章　追　跡

　トンネル付近の山の中を捜索していた部隊から、ようやく連絡が入った。

「遅くなって申し訳ありません。電波の具合が……」

「通じにくいのはわかってる。で、何か見つかったのか」

「はい、それが……今、画像を送ります」

　阿方は応答を聞きながら、窓の外を見た。時刻はもう五時を過ぎ、夕日が署の前庭を照らしている。まだ署の前に陣取ったままの報道陣は、照明器具の用意を始めたようだ。この季節の日の入りは、五時半頃だ。山の中はもう暗くなりかけているだろう。画像が鮮明ならいいが。

「今から二十分前に撮影したものです」

　画像が、パソコンに映し出された。

　捜査員たちが、どよめいた。阿方も画像を覗き込み、ぎょっとした。

　そこに映っていたのは、ズタズタに裂けた黒っぽいジャンパーと、木の幹についた深い傷、荒された下草だった。よく見ると、木には血痕らしきものがべったり付いている。傷は、太い鉤爪で引っ掻いたような具合だった。

「おい、これ、まさか熊の仕業か」

門原が、呻くように言った。

「はい、映像ではよくわかりませんが、黒い毛の塊のようなものも落ちていました」

「足跡はどうだ」

「それらしき跡はあります。あと、何か引き摺った痕跡も」

その返事に、捜査員たちは途方に暮れたような表情になった。まさか、トンネルから逃げた宇藤が、逃走途中に熊に襲われたのか。

「本当に熊か。フェイクじゃないのか」

菅井が、一気に重くなった本部の空気を破るように言った。捜査員の何人かが、その一言で気を取り直した。考えてみれば、爆破の脅迫もフェイクだったのだ。これも偽装だという可能性は、充分ある。

「阿方さん、このあたりに熊は出ますか」

安積が、地元の責任者である阿方に聞いた。阿方はちょっと思案した。

「熊なら、このへんの山にもいるはずです。もっとも、今年はまだ目撃情報はありません」

安積は、もう一度画面を睨んだ。薄暗い中で撮影された画像は、拡大しても細かいところまで鮮明にはならない。結論を出しかねているようだ。

「フェイクですよ、これは。ここであっさり熊にやられるなんて、できすぎでしょう」

菅井が畳みかける。捜査員の表情からすると、半数以上が賛成しているようだ。

「どうだ、偽装の可能性はあるか」

安積が現場の指揮官に聞いた。

「可能性はあります。ですが、この場には熊の被害を検証した経験のある者はおりませんし、だいぶ暗くなってきていますので、どちらとも断言はいたしかねます」

「そうか、わかった」

安積は菅井の方を向いた。

「私も、偽装じゃないかと思う。しかし、この場で断定はできん。もう日が暮れるし、たとえ昼でも、少しでも熊の危険があるなら、捜査員に山の中をうろつかせるわけにはいかん」

安積の言う通りだ。日が落ちた山中を懐中電灯やヘッドランプを頼りに歩くのは危険だし、熊に遭遇したら拳銃などでは役に立たない。

「撤収だ。朝になったら猟友会の応援を頼んで捜索を再開する。猟友会に見てもらえば、本物の熊の痕跡かどうかすぐわかるだろう。道路検問のみ、このまま継続する」

次第に明るさを失っていく空を見ながら、阿方は思った。

(もしフェイクなら、ここまでは宇藤たちの勝ち、か)


宇藤真二郎は、山中にいた。周りは鬱蒼たる森に囲まれている。日は傾き、山陰は肌寒くなってきているが、明るさはまだ充分だった。

二度も歩いてみたルートではあるが、道なき森を歩くのは、やはり大変だった。前回道案内のため張っておいた細いロープがなければ、完全に迷ってしまうところだ。宇藤はそのロープを外し、巻いて回収しながら歩いていた。丹念に捜索すれば、ロープを固定していた金具の跡が木の幹に残っているのが見つかるだろう。だが、そこに至るまでは相当な時間がかかるはずだ。

宇藤は周囲にも神経を配っていた。何かの獣、特に熊には充分に注意する必要がある。さっき、ナイフと染料、毛皮から取った熊の毛を使い、切り裂いたジャンパーを残して熊に襲われたような偽装を施したが、現実に熊に出会ったら洒落にならない。今は捨てた黒いジャンパーの代わりに、緑色のヤッケを着ていた。森林では、このほうが目立ちにくい。

時刻を確かめた。トンネルを出てから一時間経っている。

(そろそろ着くはずだが)

偽装に時間をかけたため、下見のときの所要時間と差ができて、距離感が摑みづらくなっていた。ロープを辿れば必ず到達できるとわかっていても、若干の不安は拭えない。

さらに五分ほど進んだところで、宇藤は顔を綻ばせた。ロープの終端が見えたのだ。そのすぐ先は細い林道になっている。道内の山には、地図に載っていない林道が何本もあり、これもその一つだった。地元の人間にしかわからないような道で、留萌署や深川署がこの道を把握しているかどうかは、正直、賭けであった。

（それでも、この調子なら警察が林道に捜索の手を伸ばすまでに抜けられそうだ）

宇藤は独りで頷き、回収したロープをリュックに突っ込むと、林道に下り立った。そこには、防水シートにくるまれた塊があった。宇藤はそれに近づき、防水シートを剝がした。シートの下から、オフロードバイクが現れた。宇藤たちは二カ月ほど前から、これを使える林道を探し、数度の探索でこのルートを見つけ出した。バイクは昨日のうちに軽ワゴン車で近くまで運んでから、ここまで乗ってきて隠し、後は何キロも歩いて車まで戻ったのである。なかなか大変だったが、成果はあった。

宇藤はバイクに縛りつけてあったバッグを外し、中からジーンズやシャツを取り出すと、それに着替えた。いかにも熟年のバイク愛好家が、北海道のツーリングを楽しみに来た、というスタイルだ。宇藤は今まで着ていた服をバッグに収め、畳んだ防水シートと一緒にまたバイクに縛りつけると、ヘルメットを取って被った。

（さあ、ここからが勝負だ）

足でスターターを蹴る。二度目で、エンジンがかかった。宇藤は笑みを浮かべ、スロットルを開いた。バイクは、踏み分け道より少しましな程度の林道を、小石を撥《は》ねながら走り出した。山間に、エンジンの音が響く。だが、数キロ南の線路沿いに展開している警察の耳には、聞こえはしない。

何者にも出会わず、十五分ほどで車の通れる道路に出た。獣がいたとしても、バイクの音で森の奥に逃げ去ったのだろう。その道路を南に行けば、線路沿いに走る道道五四九号線に出る。そこは警官で一杯のはずだ。

宇藤はほんの少し南に走り、再び林道に入った。人にも車にも出会うことはないし、人家も何もない。ただ延々と、森の中を進むだけだ。念のため、ポケットからGPS受信機を出して位置を確認する。何としても、暗くなる前に抜けきりたかった。

分かれ道が現れたので、迷わず右に行った。この先は、一本道だ。もう五時に近く、山陰を行く道は暗くなりかけている。鹿にぶつからないことを祈った。

日没前で、空はまだ明るいが、路面の暗さは次第に増してきた。仕方なく、ヘッドライトを点灯した。上空から見れば目立ってしまうと思ったが、ヘリがこの上に来る可能性は高くない、と踏んだ。道は曲がりくねり、いつ果てるともなく深い森の奥へ続いている。

次第に不安が募ってきた。これで、道は正しいのか。一度バイクを止めて、GPSを確認した。大丈夫、合っている。宇藤は満足し、再びバイクをスタートさせた。

一時間は走ったろうか。急に目の前の茂みが開け、畑が見えた。宇藤は胸を撫で下ろした。あたりにはすでに夕闇が迫っている。畑に出ている人影はなく、目撃者はいない。焦らず、ゆっくりバイクを進めて、また舗装道路に入った。今度はセンターラインもある立派な道路だ。もう一度、念のためにGPSを確認する。間違いない。道道八〇一号線だ。この道を北へ行けば行き止まり、南に行けば国道二三三号線にぶつかり、警察の網の中へ入り込む。

だが、途中で右に分岐する道に入れば、西側の道道五五〇号線に出られる。それを北に走ると、留萌市の北、小平町へと抜けられるのだ。そんなローカルな道まで検問する人手は、さすがにあるまい。

宇藤は、林道とは比較にならない快適な道に、バイクを走らせた。三十分も走れば、小平町に着く。そこからは、北の羽幌方面にも東の士別《しべつ》方面にも行くことができた。

ユーチューブに映像を流させたからには、宇藤の身元はすぐにも割れるだろう。いや、爆薬の出元を明かしてある以上、とっくに割れているはずだ。この先、思惑通りに行くかどうかは、まだ全くわからない。

（それでも、文字通り当面のヤマは越えたな）

六十過ぎの体にはきつかったが、宇藤は今日の働きに満足していた。間もなく初めて対向車が現れ、すれ違った。手でも振ってやりたい気分だった。

午後八時、最初の捜査会議が始まった。

「天塩署からの報告です。宇藤の自宅を捜索したところ、床下にダイナマイト一本が埋められているのが発見されました」

捜査員の一人が言った。門原がすぐに聞く。

「それは、天北採石から盗まれたものに間違いないんだな」

「はい。天北採石に確認を取りました」

「つまり、盗んだ二本のダイナマイトのうち一本は持って行って使い、一本は家に埋めたままわざわざ偽物を作ったわけか」

何のために、と言いたそうな門原に答えるように、安積が言った。

「本物のダイナマイトを持っていると思わせ、脅迫に使った。爆薬と一緒に偽物を置いていたのは、爆破する気がなかったことの証明だ。アピールだよ」

宇藤が逮捕され、公判に付されたときは、人質を死傷させる意図がなかったことを主張する根拠になる。そこまで考慮していたのだろうか。

しかし、ここにいる捜査員たちとしては、虚仮にされた気分だろう。

「検問の状況は」

武田副署長が立って、答えた。

「深川署と共同で、国道二三三号線の大和田付近と北竜町美葉牛《ほくりゅうちょうびばうし》付近、道道五四九号線の沼田町真布《ぬまたちょうまっぷ》付近で実施しています。現在のところ、不審な車輛は発見できていません」

「国道二三三号線と道道五四九号線にはPCも巡回させていますが、今のところは何も」

阿方が補足し、安積が頷きを返す。

「本当に熊にやられたのか、でなければ山中に潜んでいる可能性がありますね」

菅井が言った。

「奴は食料その他の装備を、ほとんど持たずに列車を降りた。さほど大きくないリュック一つを背負っただけだ、と乗客の証言もある。何日も山中にこもるつもりはなかったはずだ」

安積が反論する。

「まあ、朝になって捜索を再開すれば、そのへんは判明するだろう」

そう言われて、菅井は首を捻りながらも頷いた。

「銀行口座は」

「それは、私から」

門原が手を上げた。

「先ほど、銀行から情報が開示されました。口座名義人は、田山義之、五十二歳。住所は札幌市西区琴似一条《ことにいちじょう》×－×－五〇五」

「札幌だって」

菅井が驚きの声をあげた。

「札幌に住む男が、何で長崎の銀行口座を持ってるんだ」

「以前は長崎に住んでたんです。だが、事業に失敗して夜逃げ同然に札幌に移った。できるだけ遠くに行こうと思ったんでしょうな。口座はそのまま放置されていたんですが、三週間ほど前、田山本人が銀行に現れ、住所変更届を出して口座を復活させ、また事業を行う、今度は海外絡みだ、と話したそうです」

「口座は、事業に失敗したとき債権者に差し押さえられなかったのか」

「幸いと言うか、田山は無一文になったものの、負債は何とか全部清算できたようです」

「ふうん、都合のいい話だ。その海外というのは、香港なんだな」

「そうです。札幌のJR本社か建設会社から億を超える大金が入るので、入金したら直ちに香港の中国港龍銀行に送金するよう依頼していったんです。で、銀行は指示通りにした」

門原の顔には、銀行に対する腹立ちが表れていた。

「JRか建設会社、と言ったのは、JRと河出の会社のどちらが身代金を払うか、その時点ではわからなかったからでしょう」

「で、その田山が、ここに電話をしてきた田山に間違いないんだな」

「いえ、それはまだ確認できていません。公衆電話付近の防犯カメラが辛うじて捉えた後ろ姿の映像からは、五十二歳よりは若い印象を受けますが」

「田山の写真は……いや、それより田山の身柄は」

「うちの連中を口座に登録された住所に差し向けましたが、不在でした。目下、付近を捜していますす」

「もう付近にはおらんだろう。広域手配が必要だ」

安積が残念そうに言った。

「田山の自宅の捜索《ガサ》は」

「令状《ふだ》が出次第、行う手筈で待機しています」

「わかった。とにかく、田山の顔が映った画像が欲しいな」

「はい。ガサ入れすれば、何か見つかるでしょう」

「よし。それじゃ、宇藤はどうだ。奴の素性で、詳しいことは判明したか」

その問いには、菅井の部下が手を上げた。朝から天塩に行って、さっき留萌に着いたばかりだ。

「宇藤は二年前、天北採石の募集に応じました。天北の社員としてではなく、天北の所有するダンプカーを借りる形で、運送業務を委託された個人業者、という扱いになります。社員でなければ、雇用保険とか厚生年金とか、会社負担が節約できますから。交通事故が起きたときの責任回避にもなります」

「そういうのは時々あるようだが、ずいぶん世知辛いな」

門原は渋い顔をした。天北採石が悪徳業者のように思えたのかもしれない。

「宇藤の仕事ぶりは真面目で、事故も違反も起こしていません。それが、この三日間は休んでいます。下準備をしていたんでしょう」

「一人で準備したとは考えにくいな。交友関係はどうだ」

「天北採石で聞いた限りでは、特に親しい関係の者はいなかったようです。天北採石の社員と他の委託運転手も調べましたが、全員、今日は天塩にいました」

少なくとも、共犯者は採石場周辺にはいないようだ。

「宇藤は、天北採石に来る前は何をしていたんだろう」

阿方が気になったことを聞いた。菅井の部下が頷き、手帳を繰る。

「まだ確認中ですが、天北採石で宇藤が話したところによると、四年前まで名寄《なよろ》で小さな建設会社をやっていたそうです。そこが潰れて、一人で天塩へ来たようですね」

「今は一人住まいだったね。家族はどうなったのかな」

「名寄では女房子供がいたらしいんですが、破産したとき離婚したようで。関東にいると漏らしていたそうですから、これも確認中です」

「じゃあ、家族が共犯という線も薄いな」

「まあ、確認できるまで可能性としては置いておきましょう」

安積は家族の件を保留し、先を促した。

「建設業者だったなら、河出との接点があるかもしれませんな」

門原が、勢い込むように言った。

「もし宇藤の倒産が、河出の関わる工事で何かあったせいなら、話の筋が通ります」

「そこまで期待するのは、まだ早い」

安積が手綱を締めた。門原は頷いて、話を変えた。

「宇藤の写真は手に入ったんですか」

「うん。画面に出してくれ」

指示を受けた捜査員がキーボードを操作すると、パソコンに繋いだ大画面ディスプレイに、白髪交じりのやや彫りの深い顔が現れた。

「身分証明か何かを、拡大したやつかな」

「そうです」と捜査員が答えた。

「天北採石が出入証を作るときに撮ったものです。二年前のですが、今はもうちょっと痩せて、若干印象が変わっているとか」

「宇藤の家でダイナマイト以外に、何か犯行に繋がるものは見つからなかったか」

安積が確かめると、捜査員はかぶりを振った。

「それとわかるものは、何も出ていません。宇藤が処分していったものと思われます」

「そうか。これほどの計画だ。そのぐらいの用心はしているだろう」

安積は、当然といった風に受け流した。

「深川駅に止められていた、宇藤の車も手掛かりになりそうなものはありません。不自然なくらい何もありませんでしたから、車は最初から放棄するつもりで、余計なものは全部処分したのだと思われます」

「堂々と駅の駐車場に止めていたくらいだから、それも想定内だ」

「はい。引き続き宇藤の周辺の洗い出しを進めます」

安積は急いでくれと声をかけ、柳沢に河出の動向を尋ねた。

「札幌の事務所に戻ったのは確認できましたが、その後動きはありません」

河出の事務所と自宅には、監視がついている。犯人側が接触してくる可能性だけでなく、河出が証拠隠滅を図らないか警戒しているのだ。

加えて、ユーチューブを見た者たちがＳＮＳで河出を叩きまくっているので、義憤にかられて投石などする奴が出ないとも限らない。

「そっちは動き待ち、だな。専ら二課の仕事かもしれんが」

安積は肩を竦めるようにしてから、横の阿方に話しかけた。

「明朝の捜索ですが」

「ああ、猟友会には依頼しました。協力いただけます」

「正直、どう思われます」

安積は、声を低めて聞いた。

「え？」

「宇藤は、このへんに土地勘があるんでしょうか」

「それは……なぜこの山に徒歩で逃げたか、ということですか」

安積が疑問に思うのはわかる。ろくに道もない山の中に踏み込むからには、成算が、逃走のための計画があるはずだと言いたいのだろう。そのためには土地勘が必要だ。

「ええ、その通りです。だが、それだけじゃない」

安積は再び捜査員たちの方に顔を戻して、言った。

「奴はなぜ、留萌本線を舞台に選んだのか。それについての明確な答えはまだ出ていない」

阿方は、少し戸惑った。

「留萌本線に思い入れがあるからでしょう」

「おそらくね。だが、その思い入れがどこから来ているのか。奴は留萌本線に、どんな思いを抱いているのか。それを知りたい。それこそが、河出のことも含めて、奴の動機の根幹だろうからです」

安積はそう言い切ると、唇を引き結んだ。

安積はその晩、札幌には帰らず、急遽手配したホテルに泊まった。

「こっちに居続けで構わんのかね。一課長が見なきゃいけない事件は、いくつもあるだろうに」

阿方が柳沢に尋ねると、お気遣いなくという答えが返ってきた。

「札幌で抱えているのは、南区での殺人が一件と、西区での飛び降り自殺です。前者は痴情のもつれと判明していまして、自営業の男が内縁の妻の不倫相手を刺し殺して逃走しました。立ち寄り先は限られているので、おっつけ逮捕できるでしょう。後者は自殺者の身元が不明なので、事件性が疑われたんですが、司法解剖を行ったところ末期癌が見つかりまして、おそらく自殺で間違いないでしょう。今は、この事件が最重要ですから」

「そうかね。ならばいいが」

「明日は相当に動きがある、と一課長も期待しておられます」

「うむ。あの連中も、そう思っているようだね」

阿方は、窓の外を目で示した。署の正門前には、今もマスコミの車が待機している。さすがに人数は減っているが、朝になればまたどっと増えているだろう。徹夜番も置いているに違いない。

「正直、留萌署がこんなスポットライトを浴びるのは、今世紀に入って初めてだろう」

阿方が苦笑すると、柳沢も笑みを見せた。


翌日も、幸いにして青空であった。検問はまだ続けているが、道路封鎖は解かれたので、いつもの穏やかな朝の風景が、留萌の町に戻っていた。

ただし、この留萌署の前だけは別だ。一旦引き上げたマスコミは、いつの間にか再び集結を完了していた。昨日より人数が増えたのではと思うぐらいだ。一部では中継も始まっており、捜査本部に置かれたテレビでは、朝のワイドショーでその映像が流されていた。

「……人質は無事に解放されましたが、列車から降りた犯人は付近の山中に逃げ込んでおり、先ほど、捜索が再開されました。深い山の中で、犯人がどのように一夜を過ごしたのか、またどのあたりまで逃走したのか、それはわかっていません。捜索にはヘリも加わる予定で……」

「……犯人がユーチューブの映像で指摘した河出道議会議員の不正に関しては、道警本部からまだ発表はありません。以前から内偵が行われていたとの情報もあり、この事件をきっかけに一気に捜査が加速する可能性も……」

チャンネルを変えても、どこもこの事件の報道をやっていた。二、三日は、この留萌が日本で最も注目を集める場所になりそうだ。

　安積は、捜査本部の隅に座り、コーヒーを啜っていた。捜査員たちが出払った後は、何らかの報告がくるまで待つだけだ。もっとも、待つだけと言っても、その間に考えることは山ほどある。

「一課長、よろしいですか」

　阿方はコーヒーの入った紙コップを持って、安積の脇に座った。

「昨夜、宇藤が留萌本線にどんな思いを抱いているのか、という話をされてましたね」

「何か考えがありますか」

「いいえ。しかし、廃止撤回を要求に掲げたということは、相当強い思いがあるんでしょうね」

　安積は頷き、飲んでいたコーヒーをテーブルに置いた。

「沿線で生まれ育ったのかもしれませんな。それは、宇藤の戸籍を調べればわかります」

「幼い頃、留萌本線に乗っていた思い出、ですか……」

　ふと阿方が黙った。安積が怪訝な顔で見返す。

「どうかしましたか。遠くを見るような目付きですね」

「え？　ああ、失礼。自分の子供の頃のことを考えてました」

「そうか、署長はこの留萌のご出身でしたね」

「はい。警察官人生の最後に、ここの署長を務めさせてもらえるのは、感無量ですよ」

「退官後は、留萌に住まれるんですか」

「ああ、いやいや。私の生まれた家はもうとっくにないんで、札幌に戻ります。結婚した子供もあっちで暮らしてますし」

「そうですか。私も、生まれてからずっと札幌なんですよ」

安積は笑みを浮かべ、またコーヒーを啜った。

「署長は小さい頃、留萌本線を利用してたんですか」

「しょっちゅう、というわけではないんですがね。法事で札幌へ出るときとか、大きな買い物なんかで旭川へ出るときとか、乗ったのはそのぐらいです」

「なるほど。いわゆるハレの日に乗るのが留萌本線だったと」

「そうです。当時は札幌に直通する急行も運転されてましてね。その列車が、眩しく見えたもんです。留萌本線は、何と言いますか、私たちにとって、未知の大都会に繋がる憧れ、だったんですよ。はは、ちょっと気障《きざ》な言い方ですかね」

「高速道路のない時代、鉄道は都会への唯一のパイプだったんですね」

安積は頷き、ちらりと窓の外に目を向けた。その方向には、札幌市がある。

「署長も、留萌本線にはずいぶん思い入れがあるようですね。昨日話していて、わかりましたよ」

「あ、ええ、まあ」

阿方はちょっとどぎまぎして、頭を掻いた。

「宇藤の年齢から言うと、同じような思いを持っていたのかもしれません。だから、河出の告発が第一の目的であるのに、あえて留萌本線についての要求を入れた。おそらく実現はしないだろうとわかっているのに」

安積は、宇藤が沿線の出身であることにすでに確信を持っているらしい。

「留萌本線の廃止そのものが、事件全体の引金の役を果たしたということでしょうか」

阿方が言った言葉に安積が何か返そうとしたとき、通信係の捜査員に呼ばれた。

「一課長、門原警部から無線が入ってます」

門原は、猟友会とともに山中に入っている。無線の通じるところまで移動したらしい。捜査員がボリュームを上げた。雑音交じりの声が聞こえた。安積がマイクを取る。

「おう、どうだった。本物の熊か」

「いいえ、やっぱり偽装でした。猟友会のハンターがひと目で見抜きましたよ。こりゃあ、素人の仕事だってね。何だか我々が間抜けみたいに見られて、バツが悪かったです」

「そうか。じゃあ、宇藤はさらに奥へ入ったんだな」

「ええ。ハンターの話じゃ、地図に載ってない細い林道があるそうです。闇雲に山を彷徨《さまよ》ったら命にかかわるので、もし土地勘があって山へ逃げたのなら、その林道を使うだろう、との話です。目下、ハンターの案内で一小隊ほど林道に向かってます」

「林道か。車は通れるのか」

「いえ、恵比島側の道道から入って来れるんですが、軽トラが入れるのは途中までで
して、そこまでは地図にも載っています。その先は、徒歩か二輪車しか行けないそうで」

「そんなので、林道の役に立つのか」

「まあ、林道と言うより獣道《けものみち》のようなものですね……あ、ちょっと待ってください」

雑音がして、門原が誰かと喋っているのが小さく聞こえた。林道へ向かった連中と、トランシーバーで会話しているのだろう。

「すみません、お待たせしました。今、林道から連絡が入りました」

門原が無線に戻った。さっきより声が切迫している。何か発見があったようだ。

「林道で、真新しいタイヤの跡が見つかりました。どうやら、オフロードバイクのようです」

「バイクだと」

安積は声に出してから、唇を嚙んだ。もし宇藤がバイクを使ったのなら、おそらく昨日のうちに捜索範囲の外に出ているだろう。

「あっ」

バイク、と聞いた捜査員の一人が声をあげた。画像解析の係だ。

「何だ。何かあったか」

「はい、一課長、昨日撮影されたヘリの空撮映像なんですが」

捜査員はパソコンを操作し、映像を早送りしていった。安積と阿方は、じりじりしながらその操作を見守った。

「ありました。これです」

捜査員が画面を示した。鬱蒼たる森が上空から映されている。

「これが……どうしたんだ」

「拡大します。よく注意してください」

捜査員がマウスを動かし、映像のある一点がクローズアップされた。安積の目が大きくなった。

「これは……バイクなのか」

それを聞いて、阿方も脇から覗き込んだ。こんもり繁った木々の間に、黒っぽいものが映っている。暗いので粒子が荒れているが、よく目を凝《こ》らせば、確かにバイクと、それに乗る人物のように見える。

「はい。バイクと見て、間違いないと思います」

画面の隅に、撮影時刻が表示されていた。十七時〇八分。宇藤が列車を降りて二時間後だ。

「場所はどこだ」

「峠下駅の北約四キロの山の中です。この林道らしきものは、どうやら道道八〇一号線に通じているようです」

「どうして今まで見逃していたんだ」

安積の咎めるような言い方に、捜査員は少し委縮した。

「申し訳ありません。映像が不鮮明で、バイクかもしれないと思ったんですが、距離が離れていますし、あまり注意していませんでした」

安積が渋面になった。

「一課長、何かありましたか」

無線から門原が呼びかけた。安積は再びマイクを持ち上げた。

「どうやらそのバイク、西へ向かったらしい。ヘリの空撮映像に、かすかにそれらしい姿が捉えられている」

門原が「くそっ」と毒づくのが聞こえた。

「宇藤はヘリに気づいたんじゃないのか」

阿方が指摘すると、捜査員はかぶりを振った。

「位置は斜め後方ですから、真っ直ぐ前を見てバイクを走らせていれば見えません。ローターの音も、この距離ならバイクの音で聞こえなかったでしょう」

「鑑識をそっちの林道に向かわせる」

安積は林道の入り口はどこかと尋ねた。阿方が地図を指す。

「これじゃないですかね」

それは線路沿いの道道五四九号線から分岐した道から、さらに北へと入り込む黒い線だった。その線は、途中で消えている。その先が獣道同然に、トンネルのずっと北側へ続いているのだろう。

「そこから川と道道六一三号線を越えて、道道八〇一号線に出るなら、この道でしょうか」

阿方が指でなぞるところに、かろうじて黒い線が続いている。

「ずいぶん曲がりくねってますね」

安積が阿方の指を追いながら言った。

「しかし、八〇一号線は北へ行くと行き止まり、南へ行くと国道二三三号線に出て検問に引っ掛かる」

「その通りです。だがこれを越えて、もう一本西側の五五〇号線に出れば……」

「小平に抜けられるのか。そこまで出れば、どこへでも行ける」

安積は平手で地図を叩いた。

「小平方面の宿泊施設、ライダーハウスなどを至急、当たらせろ」

本部に待機していた捜査員たちが指示に応じて動き出した。阿方が安積を見ると、目が合った。その目に、諦観が現れている。

もう朝の十時。手遅れだ。宇藤は小平町を通過し、羽幌方面か士別方面に向かっただろう。小平町で宿泊したとしても、とっくに宿を出ているに違いない。宇藤の顔写真を各所に流しているが、バイクに乗っている時はヘルメットで隠れているし、見た目の印象を変える方法はいくらでもある。

「ライダーというだけじゃ、手配しきれんか……」

安積が地図を見つめながら、呟きを漏らした。この時季、道内を旅する中高年のライダーは多い。若い頃バイクで旅していた世代が、子供たちが巣立ち、金と暇ができたところで再びバイクに戻るのだ。ちょうど、宇藤のような年齢のオヤジたちが。

「確かに、バイク旅行中の観光客に扮していたら、捕まえるのは厄介ですな」

阿方も溜息をついた。鑑識がバイクの型を特定するには、まだ時間がかかる。その間に、列車に乗り換えて札幌へ行き、人混みに紛れたら。あるいは、千歳か旭川か女満別あたりから偽名で飛行機に乗り、羽田へ向かったら。

「宇藤の元妻は。現在、関東でしたね」

「ええ、埼玉です。あっちの県警には連絡してありますが、そこを頼るようなわかり易い行動は取らないのでは。元妻が共犯なら話は別ですが、その可能性は低いでしょう」

直接追いかけて捕まえるのは、難しくなってきたようだ。共犯者の割り出しに重点を移すべきか。安積の表情からは、同様に考えていることが窺い知れた。

第十章　肉迫

札幌の道警本部から、田山についての報告が入ったのは、昼過ぎだった。

「徹底的に捜索しましたが、田山の部屋からは事件に繋がるものは何も出ません」

これは想定内だ。姿をくらます前に、証拠となりそうなものはすべて処分したのだろう。

「田山の部屋への出入りはどうだ。誰かと接触しているのを目撃した者は」

「聞き込みに回っていますが、今のところは誰も」

「田山は仕事もせず、引きこもっていたのか」

「そのようです。後で映像を送りますが、引きこもりにしてはずいぶん片づいています。と言うより、ひどく殺風景ですね。出ていく前に、徹底的に掃除したような感じです」

「生活保護とか、役所との接触は」

「ありません。ただ、引きこもりと言っても、一人暮らしですから一歩も外へ出ないというわけでは……」

「わかってる。買い物ぐらい行かないと、生きていけん」

安積は少し苛立った声を出した。

「は、失礼しました。他に、病院から田山らしい人物が出てくるのを見たことがある、と証言している同じアパートの住人がいます」

「ほう。どこの病院だ」

「発寒《はっさむ》の西札幌病院です。今、確認を取りに行かせてます。その住人も田山と付き合いがあったわけではないので、あまり自信がないようですが」

田山の顔写真は、まだ手に入っていない。

免許更新が行われていないことも確認済みだ。なので、聞き込みには骨が折れるだろう。

「そうか。指紋採取は完了したか」

「しました。田山本人のものと推定される指紋以外は、出ていません」

全く何もなし、か。安積の顔に残念そうな表情が浮かぶ。

「じゃあ、病院で何かわかったら、報告してくれ」

わかりました、と応じて電話が切れた。

「田山については、進展なしですか」

阿方が声をかけると、安積はかぶりを振った。

「やはり周到に、足跡を消してますな。田山関係では、あとはこれだけです」

安積はプリントアウトされた画像を摘み上げた。町の雑踏の片隅に、黒っぽいシャツ姿の男の半身が捉えられている。六本木の公衆電話付近の防犯カメラ映像で、警視庁から送付されたものだった。

「確かに五十二歳には見えませんな」

北海道と違って東京ではまだ暑い日が多い。薄着なので、不鮮明な映像でも若々しい体つきが見て取れた。

「とはいえ、札幌の家から消えた以上、本物の田山が東京へ行った可能性も充分にある」

もしそうなら、田山は現在、東京にいることになる。見つけ出すのは、宇藤よりも難しいかもしれない。


三十分後、局面が動いた。

さっき報告して来たのと同じ捜査員から、西札幌病院の確認が取れたと連絡があったのだ。スピーカーから聞こえる口調が、前より速くなっている。

「やっぱり田山だったのか」

「間違いありません、本人の名前で受診していました」

「何の病気だったんだ」

「大腸癌。ステージⅣです」

「末期癌か……」

西札幌病院は癌治療で評価される病院で、全道から患者を受け入れていた。田山も町医者にかかって、西札幌病院を紹介されたのだろう。末期なら、すでに職に就ける状態ではなくなっていたのかもしれない。診断が確定してから連絡が取れなくなり、病院でも心配していたらしい。

「一課長、もう一つ成果があります」

「もう一つ？」

「はい。受診者の中に、宇藤真二郎の名前がありました」

スピーカーの声を聞き付けた講堂の捜査員たちが、一斉に注目した。阿方も目を丸くした。

「宇藤も癌だったのか」

「ええ。膵臓癌、やはりステージⅣです。ただし、田山ほどは進行していません。受診記録によると、田山と宇藤は同じ日に来院しています。今から三カ月前です」

「では、二人はそこで顔を合わせているかもしれないんだな」

「はい、看護師の一人が、すっかり落ち込んだ田山を宇藤が元気づけるようにしている姿を、おぼろげに覚えていました」

おお、と捜査員たちがどよめいた。宇藤と田山の接点が見つかった。

「以前からの知り合いなのか」

「いいえ、待合室で初めて会ったんじゃないか、ということです」

「宇藤がそこで田山をスカウトしたのかな……」

阿方が呟くと、先走るなと言うように安積が軽く手で制した。

「宇藤は、入院して手術すれば治せないのか」

「いえ、すでに手術は不能で、化学療法になるそうです。で、宇藤はその結果を持って天塩に帰ったんですが、その後連絡はない、と」

「そんな状態で、ハイジャックを実行して逃走するような真似がよくできたな」

「膵臓癌は症状が出ないケースが多いですし、個人差もありますからねえ」

「薬がなくても、動き回るのに支障はないわけか」

「そのようです。逃走中の宇藤が、病院へ立ち寄ることは期待できません」

「しかし、田山はもっと深刻なわけだろう」

「ええ。こちらは宇藤ほど動けないのでは、と思われます」

「じゃあ、そんな体で奴はどこに……」

言いかけた安積が、言葉を呑み込んだ。何かに思い当たったようだ。

「おい、西区の飛び降り自殺だが、場所はどこだった」

唐突に話が変わり、電話の相手は戸惑った声を出した。

「は？　ええと、地下鉄の二十四軒駅の近くですが……ちょっと待ってください」

手帳を調べる気配があり、間もなく現場の住所が伝えられた。

「地図を出してくれ」

受話器を持ったまま、安積が指示した。パソコンに向かっていた捜査員は、言われる前に地図を出していた。安積が覗き込み、場所を確認して大きく頷いた。そこは、田山のアパートから七百メートルしか離れていなかった。

「そう言えば……あの自殺者も、末期癌でした」

札幌の捜査員も、安積の考えに気づいたようだ。

「すぐ指紋を照合します」

「最優先だ。わかってるな」

慌ただしく電話は切れた。


その夕刻、急速な進展に鑑み、二度目の捜査会議が行われた。

二十四軒の飛び降り自殺はやはり田山で、部屋にあった指紋と一致したと電話で参加した札幌の捜査員が報告した。

「飛び降りる三十分前、地下鉄二十四軒駅近くでタクシーを降りるところが、防犯カメラに映っていました。遺体と同じ服装で、田山に間違いありません。酔っているように見えます。タクシー会社で確認したところ、すすきので乗車したそうです」

「もっと早くにわかってりゃな……」

安積は溜息をついた。自殺者の身元を調べるため、周辺捜査はやっていたはずだ。だが、まさかこんな重大事件に関わっているとは思わず、防犯カメラすべての確認までは手が回っていなかったのだろう。

「すすきので、最後の晩餐《ばんさん》を楽しんだのだろうか」

阿方が口に出すと、札幌でも同じ考えらしく、すすきのの飲食店や風俗店で目撃情報を拾っているとの答えが返ってきた。聞き込みに使っているのは、田山の遺体の写真を加工したものだろう。飛び降りのとき、顔が潰れなかったのは幸いと言うべきか。

「宇藤は田山に、どんな役目を割り振っていたんでしょうな」

阿方が考えながら言うと、安積がすぐに答えた。

「田山の銀行口座が必要だったんですよ。新たな口座を、身分証明なしで開設することはできない。長崎にある田山の口座は、身代金の振込先として好都合だった。そこで田山を抱き込み、長崎まで行かせて口座を復活させたんです」

ここで門原が手を挙げて、言った。

「九州銀行に確認したところ、出向いたのは田山本人に間違いありません。体調が悪そうに見えたので、これから事業を始めようというのに、大丈夫かなと思ったそうです」

「つまり、宇藤は田山の銀行口座を買い取った、ということですか」

「そういうことです。マネーロンダリングで、時々ある手口です」

「なるほど。それなら、宇藤と田山は病院で会って以後、何度か打ち合わせしているはずですな」

宇藤は休みの日などに札幌に出て、田山と会ったのだろう。駅の防犯カメラや国道のNシステムを丹念に調べれば、いつ札幌へ行ったかは特定できるが、それには時間がかかる。

「田山の周辺を洗っていますが、まだ二人の接触の目撃情報は出ていません」

「わかった。引き続き、聞き込みを頼む」

札幌が了解し、安積は次に移った。

「宇藤のやっていた会社はどうだ」

担当の捜査員がすぐに立ち上がった。

「資本金が百万円ほどの、小さな会社です。従業員は五人で、専ら下請けですね。道路工事や土地造成などの土木系です」

捜査員は、四年前に潰れた会社の概要を、ざっと説明した。

「潰れたのは、元請けの会社が潰れたための連鎖倒産です。小倉井《こくらい》建設という会社ですが、元請けと言っても、正確にはゼネコンの下請けですから、宇藤の会社は二次下請けですね」

「その下請けは、どうして潰れたんだ」

「内定していた工事から、突然締め出されたんです。その工事のために人を集めて機材も新調していたのに。梯子を外されたわけで、危険と見た銀行が、融資を引き上げたんですよ」

「突然締め出された？」

「小倉井が以前に士別の道路工事で無茶な談合に逆らったことの、意趣返しをされたんじゃないか、と噂されています。最初から締め出すんじゃなく、工事の事前準備を進めて後戻りができなくなっているところで工事から外し、ひっくり返すなんて、悪意が感じられます」

「干すんじゃなく、倒産させるためにやったのか。ずいぶん悪質だな」

聞いていた菅井が、顔を顰めた。

「その問題の工事というのは」

「はい。留萌羽幌道路です」

門原が腕組みしながら、やはりなと呟いた。

「河出が糸を引いていたのか」

「士別の談合も、河出絡みらしいです」

捜査員たちが、互いに頷き合っている。どうやらこれで、河出と宇藤と田山のそれぞれの関係が、固まった。

「これも噂ですが、留萌羽幌道路の工事で裏金を作って分配するのを、断ったとか。河出の談合に逆らった会社ですから、断るのを承知で持ちかけ、それを理由に村八分にしたらしいです」

「あのセンセイ、裏でそこまでやってたのか。ひでえ話だ」

門原が呆れたように、首を振った。

「しかし、一日でよく摑めたな。上出来だ」

安積が労いの言葉をかけると、捜査員は照れ臭そうに頭を掻いた。捜査員の直属上司である菅井が、少し胸を張った。

「名寄には、小倉井建設や宇藤に同情する業界人が何人かいましてね。運良くその一人と接触できて、いろいろ聞けました。明日、もう一度出向いて裏取りをします。小倉井建設の元社長に話を聞けたらよかったんですが、去年亡くなっていました」

「二課はこの話を知ってますかね」

門原が言った。「どうかな」と安積が応じる。

「一応、こっちから伝えておこう。向こうの摑んでいることも聞きたいしな」

「業界でも同情する声があるということは、河出のやることに不満のある連中が結構いるんですな。これはいい話だ」

阿方が言うと、安積も賛意を漏らした。河出の旗色が悪くなると、保身のために寝返る輩が続出する可能性がある。そうなれば、二課の調べも一気に進むだろう。内々で情報を伝え合う、という肚だろう。

会議の後、安積は自分のスマホで二課長に電話した。

「ああ、邪魔して悪い。ちょっと耳に入れておきたい話があるんだが」

安積はさっき聞いた名寄の話を、かいつまんで伝えた。

「そっちは知ってたか。え、まだ知らなかったのか。そりゃあよかった」

二課に先行したらしいと聞いて、安積は笑みを浮かべた。

「そっちで何か新しいネタは。え？　ほう、面白そうじゃないか。うん、うん、そうか」

五分ばかり話して、安積は電話を切った。さっきより、さらに笑みが広がっている。

「またいい話のようですな」

阿方が声をかけると、安積は「ええ、いい話です」とすぐに認めた。

「ゼネコンが、留萌羽幌道路の件で内密に接触してきたそうです」

安積は、誰でも知っているスーパーゼネコンの社名を挙げた。

「詳しくはこれからですが、裏金に関して話をするつもりらしい。要するに、タレこみです」

「河出を見限ったわけですか」

「映像が流れてから、この件は全国のトップニュースになっています。ゼネコン本社にも、マスコミの取材が殺到しているらしい。傷が広がらないうちに河出に全部被せて、ダメージの最小化を図るつもりでしょう。この先、司法取引もあるかもしれません」

沈没船から逃げるネズミのようだと阿方は思った。巨大企業の危機管理マニュアルはドライだ。不都合なものは切り捨てる。河出は大きな力を持っていたとは言え、地方議員だ。潰れれば、代わりを担げばいいだけの話なのだろう。

「驕《おご》る平家は久しからず、か」

阿方は昨日ここに来たときの、河出の一見愛想のいい顔を思い出して、ぼそりと言った。

安積は夜遅くに札幌に戻った。何日も道警本部を留守にするわけにもいかないし、田山の周辺など、札幌で動いている捜査もある。加えて、河出の動きも気になるのだろう。留萌の捜査本部は、安積が不在の間、菅井と阿方に任された。

「課長、バイクの型式が割れました」

それが翌朝、菅井のもとに最初に届いた情報だ。いくらか気負った様子の菅井は、バイクのデータを見て顔を曇らせた。ホンダの二五〇CCで、人気車種のためどこでも目にする。

しかもナンバーどころか、色さえ不明だった。道道八〇一号線や五六〇号線で目撃情報を求めたが、走っている車自体が少ないうえ、夜ではバイクと行き会っても、車種などまずわからない。

「もう四十時間以上経っている。道内のどこにいてもおかしくないでしょう」

阿方が言うと、菅井も仕方なく同意した。

「道内全域でこの車種に注意するよう、指示を出しておきます。正直、今もバイクに乗っているという保証はありませんが」

とりあえず宇藤のバイクに関して、打てる手はそのぐらいだ。

正午のニュースで、JRの会見が流れた。前回と同じ鉄道本部長が、マイクを持って中央に立っている。横に八木沢の姿がちらりと映った。

一昨日の留萌本線廃止を見直すとの発表は、あくまで人質の人命を最優先する形で、犯人の要求に沿って行ったものであり、撤回する、ということだ。

「当然と言えば当然の内容だが、ずいぶん早いですね」

菅井がテレビの画面を見ながら、首を捻る。

「JRとしても、さっさとこの事件から離れたいんでしょう。幸い、人にも施設にも被害はなかったわけだし」

阿方はJRのせわしない対応に、少し不快感を覚えた。

「署長としては、留萌本線が廃止されないほうがいいですか」

「そりゃあ、個人的にはね。留萌の町から鉄道が消えるというのは、ここで生まれた者にとってはすごく寂しいですよ」

「でも、留萌本線を使う機会はそう多くなかったでしょう」

痛いところを衝かれた。

「実は、もう十年近く乗っていません」

「どこも、ローカル線はそんなものなんじゃありませんか」

返す言葉はない。だが、安積同様札幌出身である菅井のように、すっぱり割り切れるものでもない。

(もっと利用していれば、留萌本線の寿命は延びていただろうか)

後悔がちくりと阿方の胸を刺した。


午後遅くになって、名寄に行った菅井の部下から報告があった。今日は、宇藤の会社や小倉井建設の元従業員に話を聞きに行っている。

「宇藤のところの従業員ですが」

菅井の部下は、開口一番、言った。

「名前、現住所とも全部判明しています。ただ、一人だけ連絡がつきません」

「どこかへ遠出しているのか。どんな人物だ」

「松崎謙介《まつざきけんすけ》という男で、三十三歳、独身です。旭川四条のアパートに一人で住んでいます。コンビニの店員でしたが、一週間前に辞めたそうです」

「一週間前に辞めた？」

菅井は少し考え込んだ。

「他に不審な点はあるのか」

「不審と言いますか……実は松崎は、喧嘩で傷害事件を起こして懲役をくらったことがあるんです」

「それは、宇藤の会社にいたときか」

「いえ、その前です。出所した後、民生委員の紹介で宇藤の会社に就職したそうですが、狭い地域社会で肩身が狭かったのに、宇藤にだいぶよくしてもらったとか。小倉井建設の社長も、自分も若い頃は大暴れしたもんだとか言って、可愛がっていたようです」

「仕事は、ちゃんとやっていたのか」

「ええ。仕事ぶりは真面目で、問題を起こすようなことはなかったと。他の従業員にそう聞きました」

「じゃあ、宇藤に恩義を感じていたんだな」

「その通りです。小倉井の社長にも」

「なるほど、そういうことか……」

菅井は、同意を求めるように阿方を見た。菅井の考えがわかり、阿方も頷く。

「その松崎という男、最優先で調べろ。どこへ行ったのか、突き止めるんだ」

電話を切った菅井は、満足げに椅子に背を預けた。

「共犯者の、最有力候補を発見しましたな」

阿方の言葉に菅井はニヤリとし、警視庁から送られた六本木の画像を手に取った。

「ここにわずかに写っている公衆電話の男が松崎だということに、今月の給料を賭けます」


三時間後、日暮れとともにさらに有力な情報が入った。

松崎の趣味は、オフロードバイクだという。中古のホンダに乗っていて、コンビニにも時々、それに乗って出勤していたらしい。

菅井は阿方の見ている前で、ガッツポーズを出した。

「当ててやろうか。そのホンダは二五〇CCで、駐車場から消えている」

「その通りです。松崎が消えた日から、バイクも見えません。アパートの管理人は、バイクで旅に出たんだと思っています」

菅井は電話で聞いたナンバーを書き留め、本部の捜査員に渡した。

「全道に至急、手配しろ。フェリー会社もだ」

捜査員が弾かれたようにパソコンを叩き始めた。

「松崎が宇藤に、自分のバイクを貸したわけですな」

阿方は確認するように言った。菅井は、無論だと目で応えた。

「オフロードバイクで走り回るのが趣味なら、あの林道も事前に知っていたんでしょう。それを宇藤に教え、逃走ルートを作ったんです」

その見方に、阿方も異議はなかった。宇藤はおそらく、すでにバイクを捨てているだろう。途中から他の交通機関を使ったとしても、バイクが見つかれば足取りを追う大きな手掛かりになる。

菅井は安積に報告するため電話を取った。


四日目に入ると、留萌署玄関前に集結していたマスコミも、半数以下に減った。それでも安積が札幌から再び到着したときは、新たな進展があったと感じて色めき立っていた。安積は群がる記者連中をさっさとかわし、講堂の捜査本部に入ってきた。

「松崎の件は、ご苦労さんでした」

安積はまず、菅井に礼を言った。

「どうも。しかし松崎が消えた日から犯行前日までの飛行機の乗客名簿を調べましたが、奴の名前は見つかりません。偽名で乗ったか、新幹線を使ったか、ですね」

「それは仕方ない。松崎の顔写真は手に入ってるんだろう?」

「ええ、コンビニに出した履歴書で。東京の公衆電話に近いどこかで、監視カメラに顔が捉えられていることを期待しましょう」

写真の松崎は、端正な顔立ちをしていた。喧嘩で傷害、と聞いたので、もっと酷薄な顔を想像していたのだが、そんな鋭さは感じられない。そのため、かえって目立たないとも言えた。

バイクはまだ見つかっていない。乗り捨てて、どこかに隠した可能性が高いだろう。

「ところで、香港に送られた身代金はどうなりましたか」

「外事経由で香港警察に連絡しているが、こっちは九州銀行なんかと比較にならん。何週間かかることやら」

「そうですか。まあ、我々じゃどうにもなりませんな」

話を聞いていた阿方は、そこで首を傾げた。

「宇藤も松崎も出国はできませんよ。香港の金を、どうするつもりでしょうね」

「さあ、それは」

安積も特に考えはないようだ。

「香港からさらに他所へ送金しているかもしれませんね。一旦、バハマあたりに送り、そこから日本の銀行に送金するとか」

「そんなスパイ小説みたいなこと、あり得ますか」

阿方が目を丸くすると、安積はさすがに失笑を漏らした。

「まあ、そんな大掛かりなことはやらんでしょうね。他にも共犯者がいると考えるほうが、理にかなっている。そういう人物は、まだ浮かんでいませんが」

「そう言えば、司令塔の人物がいるかもとおっしゃってましたな。やはり共犯者がまだいる、と？」

阿方が眉を上げると、安積は、まあまあ、と手を振った。

「あくまで可能性です。今は、わかっていることに集中しましょう」

それから安積は、阿方と菅井を講堂の隅に呼んだ。

「河出ですがね」

最も聞きたかったのは、その話だ。

「どんな按配《あんばい》ですか」

「昨日、例のゼネコンの北海道支社の幹部が、二課の聴取に応じました。思った通り総工費の一割を裏金として、分配しています。工事費を積み増しし、膨らんだ利益を隠して税金逃れする手口ですな。大手ゼネコンの下請けに入った地場の中小業者が談合して取り決めたんです。元請けの大手は直接裏金のやり取りをしていないが、知っていて黙過したようです」

「元請けのゼネコンには、何の得があるんです」

「河出が動いたんですよ。工事の主契約は取らせるから、下請けのやることに目をつぶれ、というわけですな。条件を呑まないと工事は渡さない、とね。河出には、そのくらいのことはできた」

「結構えげつないですね。まあ、ゼネコンも表向きの売上高は上がるから、損にはならないでしょうが」

菅井が、半ば感心したように言った。

「河出はいくらもらったんです」

「河出の取り分は、そのさらに一割と見られます。まさしく身代金の額だ」

「そりゃあ、身代金の金額を聞いて顔色を変えるわけだ」

「しかも、河出の会社、婿が社長をやってる建設会社も談合に絡んでる。そっちにも金は分配されるから、二重の儲けだな」

「コンプライアンスがうるさいこの時代に、臆面もなくそんなことをやるとは」

阿方は、河出の面の皮の厚さに驚いていた。

「国家プロジェクト級の大工事や東京近辺の工事なら監視も厳しいですが、地方に行けばまだいろいろありますよ。河出も、良くも悪くも古い昭和を体現した男ですからねえ」

「小倉井建設の社長は、河出と正反対の、真っ直ぐな人物だったんでしょうな」

「そのようですね。詳しい解明はこれからですが」

ここで安積は一度言葉を切ってから、眉間に皺を寄せて言った。

「まだ疑問があるんです」

「え、疑問とは」

菅井が怪訝な顔をする。安積が続けた。

「ゼネコン幹部によると、小倉井建設は初めから裏金の談合を断ると踏んでたんで、具体的な金額の話はしていなかったそうだ」

「は？　つまり、小倉井建設の社長は建設費の一割という額について、聞いていなかったんですか」

「そうだ。すると宇藤は、あの金額をどこで知ったんだろうか」

阿方と菅井は、思わず顔を見合わせた。それから菅井が、首を捻りながら言った。

「実は一つ、考えていたことがあるんですが」

安積が眉を上げげた。

「聞こうじゃないか」

「田山……いや、松崎から、河出が到着したときかかってきた電話です。到着直後、見計らったようにかかってきた。河出は来ているかと確認もしませんでした」

「では、河出が到着したことを知っていたというんですか」

「それはつまり、誰かが状況を松崎に知らせていたかもしれないってことか」

安積の目が光った。

「ですが、河出の到着は、この留萌署にいた者にしかわからんでしょう。捜査員を除外すれば、マスコミの連中しか……」

「いや、あのときは部外者がいた。恵比島で列車から解放された乗客の事情聴取をしていたんだ」


この町に来たのは、何年ぶりだろう。駅に降り立って、宇藤はまずそう思った。駅から港に向けて下って行く大通りは、記憶に残っている。だが、目に入る街並みは、馴染みのないものだった。主な建物は、文化財級のものを除いて、建て替わってしまったのだろう。

宇藤は小奇麗に整備された通りを、港の方へ歩いた。服装は、上着から靴に至るまで、すべて取り換えている。ジャケットにチノパン、金縁眼鏡をかけ、肩からバッグを提げた格好は、天塩のダンプカー運転手とはだいぶかけ離れたスタイルだ。頭も、髪染めで胡麻塩を真っ黒にした。気分まで若返った感じになるのが面白い。膵臓癌のことさえ、忘れてしまいそうだった。

（これなら、観光客の中に入っても溶け込める）

そんな自信が持てた。この小樽市の中心街は、観光客で一杯だ。道内では札幌の次に、余所者が目立たない町と言えるだろう。

事件から、一週間が過ぎていた。名前も顔も知られ、全国に手配されているというのに、ここまでは無事だ。上出来と言っていい。髪型を変えて色を染めたり、眼鏡をかけたりといったことで、印象はだいぶ変わる。それまでの自分を知る人のイメージから離れた服装にするだけでも、別人のように見えるのだ。

(まあ、いつまでもこうしていられるわけじゃないが)

手配中の身ではクレジットカードもキャッシュカードも使えない。もっとも、クレジットカードは自分の会社が潰れてから失効したままだし、銀行口座にも金はほとんどなかった。今は手持ちの現金だけが頼りだ。

中央通りを進む途中、コンビニの前でポストを見つけた。立ち止まり、ジャケットのポケットから封筒を取り出す。表に宛先として、河出の名前と事務所の所番地が正しく書かれていることを、改めて確認した。封筒を投函し、また歩き出す。誰一人、その様子に目を留めた者はいない。

小樽運河が近づくと、観光客の数が増えた。宇藤はすんなりその中に紛れた。巡回中の制服警官の姿が見えたが、こちらに気づく気配は微塵もない。不審な挙動を見せなければ、問題はないはずだ。

運河にかかる橋は、予想以上に混雑していた。以前来たときも運河はもちろんあったし、その縁に建つ倉庫もぼんやりと覚えている。

だが、運河の水は汚れ、倉庫の扉は錆が浮き、時代から取り残されたようなうらぶれた場所だったはずだ。それがすっかり化粧直しされ、大半は中国人らしい百人以上の観光客が、代わる代わるポーズを変えて写真を撮っていた。

(何事も、変われば変わるものだ)

ふと故郷の炭鉱町を思い出した。廃墟と化したあの町は、この運河とはまさに対照的だった。

宇藤は浮かんだ想いを振り払い、運河沿いを進んだ。しばらく行ったところで、予約したホテルを見つけた。時計は午後五時を指している。観光客がチェックインするには、自然な時間だ。宇藤はそのまま、ロビーに入った。

「いらっしゃいませ」

女性のフロント係の、愛想のいい笑みに迎えられた。

「予約した斎藤《さいとう》ですが」

「はい。斎藤和也《かずや》様でしょうか」

「そうです」

ここは斎藤の偽名で、三週間前に予約してあった。予定通りの行動というわけだ。それには理由がある。このホテルを、最終連絡地としてあらかじめ決めておいたのだ。

「八階の、八〇三号室になります。エレベーターは右手奥にございます。どうぞごゆっくり、お休みくださいませ」

フロント係はカードキーを手渡し、丁寧にエレベーターの方向を手で示した。宇藤は礼を言って、部屋に向かった。

部屋に入り、バッグを床に放り出すとベッドに転がった。年齢のせいか、病のせいか、何日も旅を続けるのは、どんどんきつくなってくる。

最悪は、ハイジャックの実行日だった。列車を降り、歩きで山を越えてから、オフロードバイクで二時間も荒れた山道を走った。その晩は、小平と士別の間にあるバス停の待合所で三時間ほど仮眠し、痛み出した体に鞭《むち》打ってさらに走り続けた。紋別のホテルに着いたときは、部屋に入るなり死んだように眠り、チェックアウトぎりぎりまで動けなかった。

今日はそれよりずっとましだ。宇藤はまた、時計に目をやった。六時になったら、晩飯に出かけよう。観光客なら、それが標準的な過ごし方だろう。寿司屋でも行くか。食欲はだいぶ落ちているものの、不審に思われるほどではない。だが、酒は控えざるを得ない。

(金と体力、どちらが先に尽きるかだな)

宇藤は窓ガラスに映る自分の顔に向かって、自嘲するような笑みを浮かべた。

食事の後、ライトアップされた運河をぶらつき、宿に戻った。ぼんやりテレビを見ていると、午後八時半に電話が鳴った。

「鈴木様とおっしゃる方から、お電話が入っております」

打ち合わせた偽名だ。宇藤は了解し、繋いでくれと言った。

「斎藤ですが」

電話に出た相手に告げた。ほんの少し、絶句する気配があった。

「社長……」

それは、半ば涙声のように聞こえた。

「無事なようだな」

「はい。社長も、よくここまで」

「悪運は、思ったより強いらしい」

宇藤はできるだけ快活に言った。

「それは何となくわかってましたが」

電話の向こうの松崎が、調子を合わせて言った。

「不自由はないか」

「何とかやれてます」

あえて、どこにいるのかとは聞かない。盗聴の可能性はまずないが、互いに知らないほうがいいこともある。

「社長こそ、大丈夫ですか。体は……」

「ああ、こっちも何とかやれてるよ」

安心させようと軽く言ったが、受話器の向こうでは溜息の気配がした。

「公開手配、されちゃいましたね」

「あの写真じゃ今の俺とすぐには結びつかんだろう」

「だといいですが」

それから、ほんの少し互いに沈黙した。宇藤の胸中に、松崎についての様々な思いが渦巻く。

民生委員から傷害で服役した男と聞いて、妻は採用を嫌がった。だが、松崎に会った宇藤は、こいつは大丈夫だと思った。目が死んでいなかった。狡猾そうな光も、猛獣のような鋭さも見いだせなかった。

妻の反対を押し切り、採用した。実のところ、妻との間にはもう隙間風が吹いており、会社を潰した直後に彼女は去った。だいぶ経ってから不倫の事実を知ったが、そのときにはもう、どうでもよくなっていた。

松崎は口数も少なく、真面目に仕事をした。他の社員も、次第に信頼を置くようになった。半年ほど経って、事務所から金庫にしまい忘れた現金が消えた。経理をやっていた妻は、真っ先に松崎を疑った。

宇藤が松崎の顔を見ると、彼は真っ直ぐに見返してきた。何もやましいことはしていない、とその目が語っていた。宇藤は、信じることにした。

四日ほど経って、空き巣が捕まった。旭川で事務所荒らしをしていた男で、警察を避けて名寄に狙いを移し、最初に宇藤の会社に侵入したのだ。妻はばつが悪そうにしていたが、松崎は怒らなかった。彼を信じた宇藤には、大きな恩義を感じたようだ。目がそう語っていた。

（そもそも、傷害と言ったって、正当防衛みたいなものだったのに）

先に絡んできたのは相手だが、反撃した結果、相手の負った傷が思いのほか深かったのだ。運の悪い男だ、と宇藤は思う。恩義を感じた相手が俺だったために、今度は重大犯罪の片棒を担ぐことになってしまった。

「こんなことに巻き込んで、すまん」

耐え切れずに、ぼそりと言った。怒ったような声が返ってきた。

「そういう言い方、やめてください。俺が、どうしても手伝うって言ったからじゃないですか」

それはその通りだが、だから手伝ってもらったなんて、言い訳にもならない。

「今さら何なんです。俺は後悔してませんよ。あの河出に、手痛い一発を食らわせてやったんです。気分はすごくいいですよ」

松崎は、殊更に元気な声を出した。

「河出か。そうだな」

宇藤は、さっき河出宛てに投函した封筒のことを思った。奴はあれをどう受け止めるだろうか。

「目的は達したんだ。きちんと自首しろよ」

「ええ。社長が捕まったら、そうします。俺が先に捕まらなきゃ、の話ですけど」

松崎はそう言って笑った。

「社長は、これからどうされます」

「いくつか見届けたいものがある」

「そうですか」

そこで松崎が言葉に詰まった。二、三秒置いて、彼が言った。

「もう行きます」

「そうか」

「これだけ言わせてください。俺は、社長に出会えて、本当によかったと思ってます」

また、涙声になっていた。

「何言ってやがる」

そう返した宇藤も、胸が詰まった。

「いつかまた、社長」

それを最後に電話が切れた。宇藤はしばらくの間、受話器を下ろさなかった。

松崎と話してから、一時間が経った。テレビは点いたままで、宇藤はベッドに座ってぼんやり画面を見ている。だが、内容は全然、頭に入ってはいなかった。

再び、電話が鳴った。宇藤はテレビを消し、受話器を取った。

「渡辺様とおっしゃる方から、お電話でございます」

これも打ち合わせておいた偽名だ。さっきと同様、すぐに繋いでもらった。

「渡辺です」

相手が言った。別に名乗る必要はないのに、律儀な人だ、と宇藤は苦笑した。

「やあ。お待ちしてましたよ。気づかれてはいないね？」

「今のところは」

相手が安堵の溜息を漏らすのが、微かに聞こえた。

河出義郎は、札幌市内のホテルにいた。高級ホテルチェーンのフランチャイズで、旧知のオーナーには、いろいろと貸しがある。あえてスイートは避け、もう少し目立たないエグゼクティブルームで、他の高層ビルから覗かれる恐れのない部屋を選んであった。

事務所はマスコミの標的にされ、十重二十重に囲まれていた。仕方なくここに身を潜めているが、早晩突き止められそうだ。弁護士には、逮捕状が出るのは時間の問題だと言われている。そうならないようにするのが弁護士の仕事じゃないのかと毒づいたが、無理に決まっていると鼻であしらわれた。

今まで平伏して言うことを聞いていた連中が、電話にも出なくなっていた。誰しも巻き込まれて、一緒に沈みたくはないというわけだ。

（ここもあと何日ももたんな。入院でもするか）

政治家が逃げ込む常套《じょうとう》手段だ。実際に血圧がかなり上昇しているので、仮病とも言えない。

ノックの音がした。一瞬、ぎくりとする。二度叩いて一拍置き、また二度。河出はほっと胸を撫で下ろした。秘書と取り決めた合図だ。立ち上がってドアに歩み寄り、ロックを外した。

「失礼します」

秘書が素早い身のこなしで入ってきた。部屋の前に立っているのを見られないよう、極力注意しているのだ。

「事務所のほうは、変化なしか」

「はい、マスコミは張り付いたままです。裏口から隣のビルを通じて出てくるのも、だんだん難しくなってきました」

河出は唇を噛んだ。秘書が後を尾けられては、すべてが台無しだ。

「郵便物です」

秘書が何通かの封筒を差し出す。

「それからこちらは、弁護士の菊原《きくはら》先生からの書簡です。ええとその……」

秘書は言葉を選んでいるようだ。

「つまり、収監された場合に備え、お読みいただきたいと」

河出は、むっとした。逮捕を既成事実とした準備が、もう勝手に進められている。

「役立たずめが」

苛立って、弁護士の書簡を開封もせず、ベッドに放り投げた。それから他の郵便物を手に取り、一瞥した。どれも、つまらないものばかりだ。が、最後の一通で手を止めた。宛名が印刷ではなく手書きである。それだけが異質だった。裏返して差出人を見る。書かれた文字を見て、河出はぎょっとした。

そこには、「古い友人より」と書かれていた。誰からのものか、すぐにわかった。

「その手紙ですが、もしご不審でしたら私が……」

「いや、いい」

秘書を遮り、河出は手を振った。

「今日はもういい。入院先を探しておいてくれ」

承知しました、と一礼し、秘書は出ていった。

ドアをロックして、ソファに座った。手に「古い友人」の封書を持ったまま、しばらくそれを見つめた。

「古い友人か……」

声に出して呟くと、意を決して封を切った。

ＵＳＢメモリーが一個、滑り出た。他には何も、便箋一枚入っていない。河出はメモリーを摘み上げ、テーブルに置いたパソコンの電源を入れると、ＵＳＢポートに差し込んだ。

メモリーに入っていたのは、動画だった。少し躊躇ってから、マウスを操作して動画をスタートさせた。

黒っぽい服を着た男が、大写しになった。さんざんテレビで流れた手配写真とは、少し印象が異なっている。写真が撮られた二年前との時間差の為せる業か。いや、よく見ると顔色が少し悪い。もしかしたら、何か病気で印象が変化したのか。たとえば、癌のような。

「ずいぶんしばらくぶりだな、タッちゃん」

その名で呼ばれるのは、五十年ぶりだ。河出の旧姓、達川《たつかわ》から取った呼び名だった。知っているのは、あの炭鉱町で遊び相手だった連中だけだ。

「シンちゃん……」

彼の声は、年相応に変化していた。だが、目を閉じると、半世紀前のあの姿がそのままに浮かんできた。

河出は目を開け、五十年分歳を取った友を見つめた。

「おまえがこれを見てるってことは、俺の計画がうまくいった、ということだ。その上で、しばらく話に付き合ってくれ」

画面の中で、宇藤真二郎が微笑みを浮かべた。

「それにしても、出世したもんだな」

宇藤は感心したように言ったが、その口調は皮肉っぽく聞こえた。

「ずいぶん、頑張ったんだろう。それはわかる。おまえは昔から、負けず嫌いだった。貶《おとし》められたり、踏みつけられても、音《ね》を上げるような奴じゃない。誰よりも努力して、勤め先の社長に見込まれた。婿入りしてからも、周りの妬みや蔑みをはね返すために、もっと一生懸命になった。その甲斐あって、会社は大きくなり、議員にもなった。そうだよな。偉いよ、おまえは。俺なんかよりずっと」

宇藤は微笑み、そこで一旦言葉を切った。河出は、目を逸らさずに宇藤を見つめ続ける。再び口を開いたとき、宇藤の表情は暗いものに変わっていた。

「だが、おまえはどこかでおかしくなった。いつからか、自分が上へ行くために他人を踏みつけにするのも平気になった。金のため、不正にも手を染めるようになった。おまえのために泣かされ、人生を狂わされた人がどれだけ出たか、考えたことがあるか。いや、わかっていても考えようとはしなかったろうな」

宇藤は冷ややかに言った。河出は奥歯を嚙みしめた。

（ああ、おまえの言う通りだ。だが、俺にだって言いたいことはある）

札幌へ出て会社員になった父親は、仕事に馴染めなかった。炭鉱では腕のいいベテランとして周囲から一目置かれ、それなりの自負もあった。だが、事務員や営業員としては、全く駄目だった。ずっと年下の大学出の上司に責められ、高校を出て二、三年の同僚にさえ馬鹿にされた。父は自信を失い、会社を辞めた。

それからは、何をやってもうまくいかなかった。札幌の町はオリンピック景気に沸いたのに、家族はどん底に落ちた。母親は心労で倒れて亡くなり、妹は家を出たまま音信不通になった。

河出は、高校を中退して小さな建設会社に入り、がむしゃらに働いた。彼にできることは、それしかなかった。酒浸りになり、肝臓を患った父を養わねばならなかったからだ。建設会社の社長は、そんな河出を評価してくれた。

オイルショックを乗り切った会社は、やがてバブルの波に乗った。独学で建設業会計を学んだ河出は、事務や営業もこなすようになった。そこから彼の人生は、一気に上向いていったのだ。社長が河出を娘の婿にと決めるには、そう時間はかからなかった。

バブル崩壊も何とか切り抜け、会社は経営不振になった同業者を格安で買収するなどして、発展を続けた。そこから収益をさらに上げるには、政治的影響力が必要だと河出は考えた。

だが同時に、政治家に取り入ってその力を利用するのは、他人に自分の運命を委ねることだと思えた。

他人の都合で人生を左右されるのは二度と御免だ。

炭鉱町を出るときの光景が、頭に甦った。だから河出は、自分が政治家になる道を選んだのだ。四十五歳で道議会議員に当選したとき、神様が今までのツケを払ってくれた、と思った。

宇藤の言葉は続く。

「今みたいにコンプライアンスがうるさくなかった頃、この業界では談合は当たり前だった。それは俺もよく承知している。だが、おまえはそれを自分のためにやった。議会でのおまえの力が強くなるにつれ、だんだんやり方が酷くなった。談合の仕切りに不満を持つ会社は潰し、支持する会社には儲けを回した。おまえは、自分のことしか考えなくなったんだ」

宇藤の顔が、哀しげに歪んだ。

「いったい、いつからそんな風になってしまったんだ」

その言葉は、河出に突き刺さった。

(いつからこんな風に、か)

議員になって、政治力を手に入れたとき。権力の味を知ってしまったときだろうか。

「名寄の小倉井建設。覚えてるか。おまえは俺の恩人を潰した。一緒に、この俺の会社も潰した。当時は気づいちゃいなかったろうがな」

河出は苦渋の表情を浮かべた。そのときは、宇藤が建設会社をやっていたとは知らなかったし、小倉井建設の下にいたことも知らなかった。

だが、知っていたらどうしたろう。小倉井を潰すのをやめただろうか。その問いを突き付けられても、河出は答えることができなかった。

「五十年前、おまえはあの炭鉱町を去るとき、知らない誰かの都合で仕事がなくなるなんて、嫌だと言った。自分の手の届かないところで、自分の人生が壊されてしまう理不尽さを、痛いほど感じていたはずだ。なのに、おまえが今やっているのは、その理不尽そのものじゃないか」

河出の肩が震えた。もし生身の宇藤と対峙していたら、ひと言も言い返せずに俯くしかなかったろう。

「だから俺は、おまえを止めることにした。俺にだって、手を貸してくれる友達もいれば、コネもある。留萌羽幌道路の一件を、誰もが見逃せないやり方で明るみに出す。おまえが理不尽を嚙みしめて炭鉱を去るとき乗った、留萌本線を使って」

ああ、やはりそうか。河出は理解した。留萌本線ハイジャック事件そのものが、宇藤から河出への強烈なメッセージだったのだ。

「タッちゃん」

宇藤が再び、呼びかけた。さっきより深く、ゆっくりと。

「最後に一つだけ言う。あの日に戻れ。炭鉱鉄道と留萌本線に乗って、俺たちの町を去ったあの日の心に」

河出は、胸を抉られる思いで画面を見つめた。宇藤の目が赤くなっていた。

「話は終わりだ。もう、会うことはないだろう」

宇藤はカメラに手を伸ばした。録画を止めるのだ。河出は、待ってくれと言いかけて言葉を吞み込んだ。

「じゃあな」

画像が消えた。河出は、そのまましばらく動けずにいた。一分近く経ってから、ようやくパソコンの電源を落とした。

「馬鹿野郎……」

河出は、そっと呟いた。それから独り静かに泣いた。

「駄目です。結局、何も出ませんでした」

門原は、プリントアウトの束をばさりとテーブルに置き、残念そうに首を振った。

「恵比島で解放された後、この本部で聴取を受けた乗客の携帯の通話記録を、全部チェックしましたが、家族や友人ばかりです。一人だけ、新聞社へ電話した奴がいますが」

「あの列車の写真を売り込んで、小遣い稼ぎしようとしたんだろう。そんなのはどうでもいい。松崎に電話した形跡は、誰もなしか」

「松崎に限らず、共犯が疑われるような相手への通話はありません」

「空振りだったか」

菅井は落胆を隠そうともしなかった。

「悪い思い付きじゃなかったがな」

安積が頭を掻きながら言った。

「松崎は、河出が着いた直後に電話で河出を出せと言ってきたが、一旦電話を切っている。おそらく、綿密に時間を測ったうえで、河出が到着したかどうか一度目の電話で探りを入れたんだ。こちらの応答の感触から河出が着いていると承知し、改めて再度、電話してきた。今から考えてみると、そういうことだったんだろう」

門原は、疲れたような顔で安積の話に頷いた。

「そのようです。いろいろと確認してみましたが、田山……でなく松崎からの最初の電話がくる三十秒前に、テレビの第一報がテロップで出ていました。そのテロップ、全国放送で流れたそうです」

「東京にいる松崎も、見られたわけだ」

「はい。それに、SNSでも盛んに呟かれてましたんで、検索すればすぐに拾えたでしょう。松崎に限らず全国の多数の人が、こちらの状況を、逐一把握できていたんです」

「高度情報化ってのは両刃の剣だな。情報を集めやすくなった代わりに、振り回されることもずっと多くなった。だんだん、我々の頭じゃついていけんようになる」

安積は自嘲気味に言って、首筋を叩いた。

「あの、よろしいでしょうか」

捜査員の一人が、A4判の紙を手にして歩み寄ってきた。

「何だ。新しい情報か」

「はい。宇藤の周辺情報として、小倉井建設を調べていたんですが、融資していた銀行で思いがけないものが」

「銀行か。直接的には、そこが融資を引き上げたんで小倉井は潰れたんだろう」

「そうです。思ったより、貸し込んでました。たぶん、信用枠を超えて」

「うん？　どうしてだ。融資の審査は、厳しいんだろう」

「ええ。小倉井の場合は、留萌羽幌道路の大きな工事をゼネコンから受けられる、という見通しがありましたから。今から言えば河出たちの罠だったわけですが、銀行もそれを評価したらしいです。支店長が権限をフルに使ったようで」

「支店長が小倉井と癒着してたのか」

「いえ、支店長が小倉井の人となりを気に入っていたのは確かですが、支店長もあの近辺では大口貸出先がないので、成績を上げるために無理を通したようですね」

「そうまでしておいて、ちょっと状況が悪くなったら貸し剝がしか。その支店長もずいぶん冷たいな」

「いえ、貸し込んだのは前任の支店長で、成績を上げて栄転してます。融資引き上げは、後任の支店長の判断です」

「ふうん、そうか。で、これがどういう……」

で、何が言いたいんだと目で問う安積の前に捜査員は紙を突き出し、一ヵ所を指で押さえた。

「これが前任の支店長の名前です」

安積の目が見開かれた。

第十一章　終着駅

夜の八時を過ぎて、留萌駅を埋め尽くした群衆の熱気は、いやが上にも高まっていた。

（夕張と同じくらいか。もう少し多いだろうか）

押し合いへし合いする「鉄チャン」たちの中に立つ浦本は、押し出されないように踏ん張りながら思った。発車まで、あと数分だ。

そこらじゅうで、ストロボが光っている。メッセージボードを取り出す者もいた。駅舎に面した一番線ホームには、キハ５４型が停車している。ハイジャックされた４９２１Ｄでここに到着したのが、つい昨日のことのようだ。

（さすがに風景はだいぶ違うけどな）

あのとき、がらんとしたホームで待っていたのは完全装備のＳＡＴ隊員だけだった。一両しかなかったキハ５４型も、今日は二両編成だ。しかも、すでに平日朝の山手線並みの混雑になっている。両端には、「さようなら留萌本線」と書かれたヘッドマークが掲げられていた。

この二〇時二〇分発深川行き４９３６Ｄは、この日限りで廃線となる留萌本線の、文字通りの上り最終列車であった。下り最終４９３５Ｄは、所定なら深川を二〇時一三分に出る。情報によると混雑のため、三分遅れで今、発車するところらしい。この混みようでは、４９３６Ｄの発車も少し遅れるかもしれない。

浦本は線路を挟んだ向こう側の、二番線ホームを見た。そこも人で一杯だ。一日に二本の列車が到着するだけのホームだが、一時間前の一九時二二分に深川を出て、間もなくやって来る４９３３Ｄがその一本だ。それが到着すると同時に、一番線から４９３６Ｄが発車する。今夜最大の見せ場だ。

浦本は、周囲をさらに見回した。もうこれで何度目になるだろう。

(やはり、見当たらないか。無理もないけど)

山田、いや宇藤がここに来る。そんな気がしていたのだ。警察の追跡をかわしてまだ逃げのびているのは、留萌本線の最後を見送るためではないか。浦本には、そう思えた。

(同じことを考えたのは、俺だけじゃないようだし)

留萌駅に着いたときから、駅前広場や駅舎の周辺、駅裏の道端などに、刑事らしい人影がいくつも見えた。鉄チャンたちとは明らかに異質なので、どうしても目立つ。雑踏警備に来ているとも思えない。やはり警察も、宇藤が現れるのではないかと期待しているのだ。

群衆のボルテージが上がってきた。ホームの誰かが横断幕を出し、数人がかりで広げた。

「さようなら留萌本線　一一〇年間ありがとう」手書きの太い文字で、そう書かれていた。

（夕張支線同様、ここも一世紀以上、走ってたんだ）

初めて乗ったのは、いつだったろうか。学生のときだから、十年ほど前か。留萌本線は、その頃から基本的には変わっていない。炭鉱鉄道が接続し、賑わっていた時代を浦本は知らなかった。

（けど、親父は知ってるよな）

浦本の父親は、浦本と同じように「鉄チャン」だった。いや、父が浦本が子供の頃から列車の撮影などに連れ回し、鉄道の魅力を刷り込んだために、こうなってしまったと言えた。

一九七〇年代前半、この路線にはＤ６１型という蒸気機関車が走っていた。かの有名なＤ５１をローカル線でも使えるよう改造した形式で、この留萌にしか配置されていなかったレアものだった。当時中学生だった父は、分不相応なカメラを持って、その機関車を撮影しに来ていた。

だいぶ前、父はそのとき撮った白黒写真を浦本に見せ、感慨深げに言った。

「このＤ６１は、六両しか作られなかった。生まれてから廃車されるまで十五年ほどしかなかったが、ずっと留萌と深川の機関区にいたんだ」

「他所へ行かなかったの」

父は「そうなんだよ」と頷いた。

「少なかったこともあって、すごく地味な機関車だった。こんな型式の機関車があったことなんか、覚えてる人は少ないんじゃないかな。働いていた留萌本線も、地味な路線だしな。本線とは名ばかりのローカル線で、大きな町もないし、目立った観光地もない。特急も走ったことはない。売りものが、何もないんだ」

父はそんなことを言いながら、写真を軽く指で叩いた。煙突から濛々と煙を吐き、留萌駅を発車していくＤ６１が写っていた。

「でも、この機関車を見ろよ。地味でも、ちゃんと頑張ってる。こうして煙を吐いて堂々と出発する姿なんか、函館本線のＣ６２やＤ５１といった有名どころと遜色ないだろ」

「そうだね」

その写真に写るＤ６１機関車は、確かに誇らしげに見えた。

「留萌本線も、毎日人や貨物を運んで頑張ってる。地味に見えても、みんな立派に活躍する場所や仕事があるんだよ。でないと世の中は回らないんだ」

今から思えばその言葉は、出世に縁のないまま公務員を続けていた父自身に向けたものだったかもしれない。あるいは、現在の浦本を予見していたのか。

警笛が聞こえ、群衆がざわめいた。向かいの二番線に、轟音を立てて列車が入ってきた。深川からの４９３３Ｄの到着だ。同時に一番線で、駅長が発車ブザーを鳴らした。浦本は反射的に時計を見た。二〇時二二分。二分遅れの発車だ。

「深川行き最終列車、発車します。下がってくださーい」

アナウンスが叫ぶ。何人かが列車のドアに群がり、無理やり乗り込もうとしていた。

「押さないでくださーい。危険です。お下がりくださーい」

ホームに配された駅員が、ハンドマイクで懸命に呼びかける。助役は、乗り込もうとする乗客の背を押していた。旗が振られ、運転士がドアスイッチを操作する。シュッと音がして、どうにか誰も挟まれることなく、ドアが閉まった。スピーカーから、蛍の光のメロディーが流れ出した。駅長が発車合図を送る。エンジンの唸りがぐっと高まり、列車がゆっくりと動き始めた。動画を撮影するスマホが、一斉に掲げられる。

「ありがとうーッ」

横断幕を持っていた人々が列車に向かって叫び、何人もが唱和した。蛍の光のボリュームが上げられる。ホームの全員が、手を振った。感極まって、涙ぐんでいる人もいる。

列車は次第に速度を上げ、夜の闇に溶け込んでいった。赤いテールランプが遠ざかり、やがて見えなくなった。数百人が、振っていた手を下ろした。

上り最終列車が去っても、多くの人々はホームに残っていた。この後、二一時一三分に深川からの下り最終列車が到着する。そのときをもって、留萌本線の営業は完全に終了する。留萌駅に残る人々は、その最後の瞬間を待つのだ。

（地味だった路線の、花道だ。今日だけは、道内すべての鉄道の主役だな）

浦本は構内の様子を見て思った。だが、夕張のときのように、自分には廃止路線ほどの価値もない、などという諦念は浮かんで来なかった。不思議なものだと浦本は思う。

（ハイジャックのとき、ほんの一時、俺も主役の一員になれたからだろうか）

あの奇妙な昂揚は、確かに浦本の人生に何らかの影響を与えていた。それが役に立つのかどうか、まだわからない。が、少なくとも悪いものではないと確信できた。

（変な話だけど、あの宇藤という犯人のおかげか）

浦本は苦笑しつつ、また周囲に目をやった。

宇藤の姿は、やはり見つけることはできなかった。


次の日。留萌駅は、祭りが終わった後のようにひっそりと佇んでいた。廃止翌日の雰囲気をカメラに収めようという「鉄チャン」がまだ何人も、駅の周囲を歩いている。それ以外は、ここ何年かの平日昼間の、がらんとした風景に戻っていた。昭和の頃ここにあったごく普通の賑わいは、平成に入って失われ、二度と還ってこなかった。

ジャケットの上にボアの付いたダウンパーカーを羽織った阿方は、駅前広場を真っ直ぐ突っ切って、駅舎に入った。早くも内装を撤去する作業が一部で始まっている。二、三人の作業員が、発車案内を取り外そうとしていた。

改札は扉が閉まり、施錠されていた。阿方は駅務室のドアを叩いた。少し待つとドアが開き、ＪＲの制服姿の苫井駅長が現れた。

「やあ、どうも」

苫井は疲れた顔をしているが、にこやかに笑った。

「昨日はお疲れ様でした。まだお仕事ですか」

「後片づけですよ。何やかやと、ありましてね」

苫井はそう言ってから、改めて乗客のいない駅舎の中を見渡す。

「何と言いますか、最後の駅長というのは、やはり感慨深いですね」

「そうでしょうな」

苫井はこの後、ＪＲ本社付けになって札幌に異動すると聞いている。現場に出るのは、これが最後だろう。

「あのときは、お世話になりました」

苫井が頭を下げた。ハイジャック事件のことを言っているのだ。

「いえ、こちらこそ」

阿方も頭を下げ、それからホームを目で示して、聞いた。

「いるんですか」

苫井は顔を近づけ、声をひそめた。

「ホームの端に一人で立っています。どうぞ」

苫井はポケットから鍵を出し、改札の扉を開けた。阿方は礼を言い、もう列車が来ることはなくなったホームに足を踏み入れた。

深閑とした構内を、冷たい風が吹き抜けていく。北海道の春は、まだ浅い。

宇藤はホームの終端側に立ち、コートのポケットに手を突っ込んで、ぼんやりと線路を見つめていた。犯行の一ヵ月ほど前、下見のために列車でここに来て以来だ。あのときは、思い出に浸る余裕はなかった。その前は、あの炭鉱町を去ったとき。夕張へ向かうため、札幌行きの列車にここから乗った。炭鉱町を出るときは、慌ただしさに紛れていたが、留萌に着いて駅前食堂で昼食を摂る頃、ようやく寂しさがこみ上げてきた。

札幌行きに乗り込むとき、いよいよ本当に戻れないのだ、という思いが胸を締めつけ、ドアの前で足が止まった。両親に促されてステップを上ったが、涙が湧いてくるのは抑えられなかった。

（五十年か……）

夕張へは、同じ町から何人もが移り、その中には友達もいた。だが、あの日炭鉱町で別れた人たちには、その後会うことはなかった。すべて、記憶の隅に消えたはずだったのだが。

「シン兄ちゃん」

ふいに声をかけられた。振り向くと、胡麻塩頭で眼鏡をかけた、ずんぐりした男が傍に立っていた。宇藤は、顔を綻ばせた。

「そう呼ばれるのは、半世紀ぶりかな」

宇藤は阿方と向き合った。

「覚えてるかな」

「ああ。阿方のマーちゃんだろ」

阿方が、はにかんだような笑みを浮かべた。

「確か、お巡りさんになりたいって言ってたよな。タッちゃんが町を出るのを見送ったときだ」

「そこまで覚えててくれたんだ」

「まさか本当にお巡りさんになってたとはねえ。それも、留萌の署長とは」

「もう署長じゃない。定年退官したんだ」

「そうか。もうみんな、そういう年だもんな」

宇藤は寂しげに笑った。

「いつ、俺のことに気づいたんだ」

「最初は全然わからなかった。シン兄ちゃんの名字が何だったか、さっぱり覚えてなかったんだ。あんたの身元が割れて、出身地がわかったとき、初めて思い出した。捜査本部じゃ、とうとう言えなかったが」

「俺の身元を調べたら、あんたと同じ町だと捜査本部でも気づいたろうに、黙ってて大丈夫だったのか」

「誰も私の正確な出身地なんか、気にしちゃいなかったからね」

「タッちゃん……いや、河出はあんたがマーちゃんだと気づかなかったのか」

「ああ。間近で顔を突き合わせていたのに、お互いわからなかった。河出は入り婿で、名字が変わってたしね。だが、あんたの名前には思い当たったようだ。宇藤と聞いて間もなく、顔色が変わってたよ」

「河出は、いつの時点かわからんが、俺の会社を潰しちまったことに気がついてたんだろう。もしかすると、気に病んでたのかもしれんね」

　宇藤は肩を竦めた。

「俺がここに来てると、どうしてわかった」

「あんたは、留萌本線に捨て難い思い入れがある。だからこそ、あんな犯行を計画した。だったら、留萌本線の終焉を見届けに来るだろう、と思ってね。捜査本部でもそう考えて、捜査員を配置していた。だが、昨日の最終日には姿を見せなかった」

「あまりに人が多かったからな。警察も大勢いたし。ゆっくり別れを惜しむ雰囲気じゃなかったんで、昨日は避けたんだ」

「それで喧騒が落ち着いた今日、やって来た。私もそうじゃないかと思ってね。あんたらしい人が現れたら連絡してくれって、駅長に言っておいた」

「だから駅長さんは俺を見て、すんなりホームに入れてくれたのか」

宇藤は得心したように頷いた。

「どうしても、聞きたいことがあってね」

阿方は真剣な顔を、宇藤に真っ直ぐ向けてきた。宇藤は躊躇ったが、逃げられないな、と思った。

「この計画を立てたのは、下山さんだな」

阿方は、宇藤の目を見据えてはっきり言った。もうわかってるんだ、というように。宇藤はなんとか、そのままの表情を保った。

「どうしてそう思う」

「下山さんは、支店長だったとき小倉井建設に多額の融資をしていた。小倉井の下にいたあんたとも、面識はあったはずだ」

やはり、それはもう知られていたか。なら、真っ向から否定もできまい。

「だとしたら、どうなる」

「あんたは、留萌羽幌道路の裏金の金額を、知ることはできなかった。でも下山さんなら建設各社に銀行で培ったコネがある。調べることはできたんじゃないか」

図星だ。だが、肯定するつもりはない。

「それだけかね」

「いや。こう言ってはなんだが、田山に金を渡してその口座を使い、香港に作った別の口座に送金するなんて芸当は、あんただけではできない。銀行業務に精通したブレインがいなくては、無理だ。もっと早くに気づくべきだったよ」

「下山さんは、人質だったんだぞ」

「ああ、そうだ。だが、小倉井とあんたに関わりのあった下山さんが、ハイジャックされた列車に乗り合わせているなんて、そんな偶然があるだろうか。しかも、人質は乗客のうちからあんたが指名している。初めから仕組んであったと思うしかあるまい」

「下山さんが知り合いなら、解放するのが普通だろう。なぜ人質にしたと言うんだ」

「あんたが列車を下りた後、指示通りに列車を走らせる監視役が必要だからさ。そういう計画だったんだ。止まらずに留萌まで走り通さないと、あのお嬢さんたちがユーチューブに映像を送る時間が稼げなくなるからな」

そこまで読んだか、マーちゃん。宇藤は素直に敬意を抱いた。

始まりは、小倉井の葬儀の日だった。知らせを聞いた宇藤は、採石場に休みをもらって、恩人との永の別れに駆け付けた。小倉井が亡くなったのは虚血性心疾患によるものだったが、その遠因が会社を潰した心労にあるというのは、参列した人たちの大半が知っていた。

宇藤は遺影に手を合わせ、肩を震わせた。真っ当な人物が、真っ当に筋を通してこんな目に遭うなんて、おかしいじゃないか。大声で、そう言ってやりたかった。

遺族に挨拶して、その場を辞するとき、声をかけられた。下山だった。

「ご無沙汰しています」

下山は深々と一礼した。下山とは小倉井を通じて知り合い、融資を受けたこともある。

「ああ、こちらこそどうも」

宇藤は挨拶を返しながら、訝った。下山は本店に栄転したと噂で聞いていた。小倉井との縁が切れて何年も経つのに、わざわざ遠方まで参列しに来るとは、何か特別な関わりでもあったのだろうか。

「ご迷惑でなければ、少しお話ししませんか」

さらに驚いたことに、下山はそう誘ってきた。宇藤としては特に断る理由はない。車を置いたまま、連れ立って近所の喫茶店に入った。

「小倉井建設が潰れた経緯については、どこまでご存知でしょうか」

近況についての雑談の後、下山が切り出した。宇藤は言葉を濁した。小倉井自身は生前、多くを語らず、宇藤の会社まで潰れる羽目になったことをしきりに謝っていた。噂ではいろいろ聞いているが、それをここで漏らすのはいかがなものか。

そのように正直に言うと、下山は了解し、自分から話し始めた。

「小倉井さんは、不正を嫌ったために嵌められたのです」

下山はそう言い切り、河出のやったことについて語った。宇藤も薄々は承知していた。しかし銀行幹部の口から聞くのは、重みが違う。下山は具体的な数字まで挙げた。

「河出議員は、留萌羽幌道路を半ば私物化している、と言っても過言ではないでしょう」

下山は淡々と話を結んだ。宇藤の胸に、改めて憤りが湧いた。

「酷い話です。警察や検察は、見逃しているのですか」

「おそらく、内偵はしているでしょう。しかし、こういう事件は表に出にくい。関係者が口裏を合わせれば、具体的な物証を捜すのは難しいのです」

「では、河出はこのまま……」

「それをどうにかしたい、と思われることはないですか」

ふいに下山が言った。宇藤は当惑した。下山は何を考えているのか。

「なぜ、そんな話を銀行のお偉方のあなたが、私に」

それを聞いて、ふっと下山が皮肉な笑みを浮かべた。

「私は、もう銀行を出ました」

え、と宇藤は驚きを漏らした。下山の部下だった行員から、下山は執行役員含みで本店に異動した、と聞いた覚えがあったからだ。

「何かあったんですか」

「ええ、まあ……私も河出のとばっちりを受けた形ですかね」

下山が支店長時代に行った小倉井への融資は、経営規模と資産額から見て過剰だった。だが下山は、大規模工事への参入がほぼ内定していること、将来的に規模拡大が見込めることなどを理由とし、審査を押し切った。

実は河出の秘書が裏で動き、下山の背中を押していたのだ。下山にも、役員を目指すには、名寄支店の期中成績を大幅に伸ばすことが必要だったという事情があった。それに加え、下山は宇藤と同様、小倉井の豪放で人情味のある人柄に惹かれていたのだ。

だが最後に、河出に梯子を外された。小倉井への融資は焦げ付き、下山の責任が取り沙汰された。結局、執行役員どころか、関係会社へ出向することになった。懲罰的意味合いを含んでいたので、出向先は下山の経歴から見れば、ワンランク以上も下だった。

「つい先日、そこも辞めましてね。今は求職中です」

出向先の人間関係で、トラブルがあったらしい。下山は自嘲するように笑った。

「辞めた途端、家内が出ていきました。今まで辛抱してきたが、あんたが無職でずっと家にいるなんて、考えただけで限界だ、と言われましたよ」

これまで三十年以上、仕事最優先でやってきた。子供が病気でも、親が倒れても、ひたすら銀行のためと出勤した。下山や宇藤の世代のエリートなら、珍しくもない話だ。家庭を顧《かえり》みなかったツケが、今になって回ってきたというわけだ。

「家内に愛想を尽かされたのは、私の責任です。ですがね、もし執行役員になって銀行の中枢に残っていたらどうだったか、とついつい考えてしまうんですよ」

ここにも一人、河出のせいで人生が狂った男がいたのか。

「腹いせ、と思われるかもしれませんが、どうにもやるせなくてね。河出のことを、徹底的に調べました。私にもいくらかはコネがありますから。するとやはり、河出に潰された人は相当な数になっていました。その間に、河出はあの手この手で私腹を肥やし、道内の建設業界を牛耳るようになったんです」

「そうですか……私たちだけではないんですね」

宇藤は頷いたが、依然として下山の腹は読めない。自分に何を求めているのか。

「それで下山さん……」

問いかけようとした宇藤を遮るように、下山は言った。

「どうです、宇藤さん。河出をこのままにしておけば、まだ泣かされる人が増える。あいつを成敗するのに、手を貸してもらえませんか」

「成敗する、ですって？」

元銀行員の口から、そんな言葉が出るとは思わなかった。

「はい。大丈夫、考えている計画はあります。逃れられない形で、河出の罪を公に晒すんです」

「いや、ちょっと待ってください。そもそも、どうして私なんですか」

「河出の直接の被害者で、私がよく知っている方は、宇藤さんぐらいですから」

「それにしても、ですね……」

「あなたのお人柄は、私なりに存じ上げています。曲がったことは嫌いで、人情に厚い。小倉井さんに、よく似ておられる」

「買い被りです。だからと言って……」

「もちろん、それだけじゃありません。もっと大きな理由があります」

「は？　と、おっしゃいますと」

「あなたはずっと昔から、河出をご存知のはずだ」

この一言には、面食らった。

「何を言っておられます。私は、河出の札幌の選挙区に近づいたこともない」

「ずっと昔、半世紀も前のことです。河出は、留萌の北にある炭鉱町で生まれ、そこで子供時代を過ごしています」

炭鉱町、と聞いて宇藤は眉を上げた。

「河出は入り婿です。もともとの姓は達川といいます」

それからさらに一時間、下山と話し込んだ。よもや、あのタッちゃんが河出だったとは。河出自身は出自についてほとんど語ることがなく、宇藤と同じ炭鉱町で生まれ育ったことを知っている者は少ないらしい。下山はどこかから、それを聞き出してきたのだ。

(河出が道を誤ったのなら、俺が引導を渡してやらなければなるまい)

遠い日に別れた親友への自分なりの友情だと、宇藤は思った。後から思い返せば、宇藤ならそう考えると下山に読まれていたのだろう。だが、それは構わなかった。

その後、定期的に会うようになった。場所は会うたびに変え、足のつく携帯電話はできるだけ使わないようにした。計画の骨子を聞いたのは、三度目の会合だった。

「列車を乗っ取る、だって?」

さすがに唖然とした。下山は大真面目だった。

「あんなローカル線で大掛かりな事件を起こすなんて、誰も思わない。無防備に近いんだ。成算は充分にある。資金は、私の退職金を使えばいい。企業年金もあるし、金には多少の余裕はあるんだ」

「そいつは羨ましい限りだが、本当に二人でできるのか。綱渡りじゃないか」

「まあ、綱渡りと言われると、否定しがたいが」

下山は渋い顔をした。下山は、大詰めで裏切られてしまった人生に、銀行員という品行方正な殻をぶち破って、一発やり返したいのだろう。だが、本気で実行するとなると、問題はいくらでも出てくる。

「トンネルで列車から降りた後、どうするんだ。あんな山の中、土地勘はないぞ。下見するだけでも遭難しかねない」

宇藤が疑念を呈するたび、下山は唸って腕組みする。そして次に会うときまでに、何らかの対策を考えてくるのだ。それでも、計画は実現にはなかなか近づかなかった。

夕張支線が廃止されるとき、河出が来賓として挨拶することを聞いた。宇藤は夕張に出向いた。廃線になるローカル線とはどんな雰囲気か、確かめておく意味もあったが、何よりも、河出の顔を生で見ておきたかった。

マイクの前に立った河出に、五十年前のタッちゃんの面影を見ることは難しかった。そこにいるのは、脂ぎった傲慢な政治屋だった。宇藤はすっかり変わってしまった親友を、長い間じっと見つめた。河出がこちらに気づくことはなかった。

それからしばらくして、松崎がやって来た。旭川で就職できそうなので、と挨拶に来たのだ。天塩くんだりまでわざわざ、と宇藤は喜び、家で一杯という話になった。

だが、宇藤が台所に立っている間に松崎は、不用意に机の隅に置いたままになっていた下山の計画書を見てしまった。食い入るように読んだ松崎は、これは何なのかと宇藤に迫った。

宇藤は、絵空事だと誤魔化そうとした。宇藤の性分を知っている松崎は、納得しなかった。もし本気なら、自分も河出に仇討ちしたい。仲間に加えてくれ、と松崎は食い下がった。宇藤は観念して、下山のことを話した。

下山は、松崎の加入を歓迎した。二人から三人になれば、計画は格段に楽になる。松崎を再び犯罪者にしたくない宇藤は、抵抗した。しかし松崎はどんどん熱心になっていく。どうやら松崎も、不条理な世の中に一矢報いたい、という強い願望を、胸に抱いていたようだ。目の届く範囲に置いたほうが、無軌道なことに手を出さずに済むのではないか、と宇藤も思い直した。

そんな矢先、宇藤の体に異変が起きた。健康診断で再検査を言い渡され、揚句に札幌の病院を紹介された。膵臓癌の疑いが濃厚、とのことだった。これで計画はおしまいだな、と宇藤は思った。

ところが、運命は真逆に動いた。札幌の病院で、田山と知り合ったのだ。末期癌と診断されている田山は孤独で、話し相手を求めていた。宇藤と言葉を交わし始めると、普通なら話さないようなことまで喋った。商売に失敗して逃げたこと、長崎の個人口座をそのまま放ってあることなどを。

宇藤は病院から帰って、下山にすべて話した。宇藤の癌については顔を曇らせたが、田山のことを聞くと、ぱっと明るくなった。

「こりゃあ、天の啓示だ」

下山は感動したように言うと、深々と頷いた。

「田山の口座を手に入れれば、すべてのピースが揃う。あんたが偶然田山に会ったのは、天がこの計画を実行するよう、促してるんだよ」

その通りだ、と宇藤も思う。田山に出会わなければ、この計画が日の目を見ることはなかっただろう。田山の連絡先は聞いてあった。

宇藤は田山に、金を払うので口座を使わせてくれ、と持ちかけた。人生をもう投げてしまっていた田山は、この最後の勝負に乗った。

「このまま侘しく人生を終えるだけと思うと、情けなかった。なら、さっさと終わらせようってね。どうやらあんたのおかげで、最後にぱあっと花火を上げて消えられそうだな」

田山は満足げにそう言った。渡した金で最後に楽しんだ後、幕引きをするつもりだと宇藤にはわかった。一度は止めようと思ったが、会ってから初めて輝いた田山の顔を見て、言葉を呑み込んだ。

これで役者は揃った。犯行二カ月前、何度も見直した計画に最後の確認を行った後、下山はゴーサインを出し、まず自分が香港へ飛んだ。彼が選んだ中国港龍銀行に、口座を開設するためだ。

松崎はバイクを駆り、留萌本線の北側で逃走に使えそうなルートを探し始めた。

宇藤は天北採石で、爆薬の保管状況を調べ、盗み出す段取りを付けた。田山は口座の代金として下山から百万円を受け取り、人生最後の豪遊を楽しんだ後、自らの命を絶った。

迎えた当日。深川から4921Dに乗り込んだ宇藤は、下山と目を合わせないよう、充分に注意した。車内では偶然、夕張駅で自分の近くにいた鉄道マニアの若い男を見つけた。宇藤が夕張にいたのを彼が覚えている可能性もある。ごく自然に、人質は彼にしよう、と決めた。

列車を乗っ取ってからは、下山の演技力に敬服させられた。思わず笑いそうになるのを、懸命に堪えていたほどだ。

（まあ、ちょっと過剰気味ではあったがな）

下山はいけ好かないオヤジを演じ、人質たちが勝手に動かないよう統制する役を務めた。力が入り過ぎて不自然に見えることもあったが、幸い、緊張下に置かれている人質たちに不審がられることはなかった。

東京へ飛んだ松崎も、複雑な動きをよくこなしてくれた。正直、これほどうまくいくとは思っていなかったのだ。やはり天の意志なのか、と今も半ば、本気で考えている。

「これで互いの無事は確認できたが、それほどかからずに、警察はあんたに行き着くぞ」

渡辺と名乗って小樽のホテルに電話してきた下山に、宇藤は言った。

「だろうな。だが、被疑者として引っ張られるほどの物証は残してないつもりだ」

「香港の銀行は大丈夫なのか」

「そっちは、あまり心配いらん」

下山は、自信ありげに言った。

「それより、体の調子はどうなんだ」

「ああ。さすがにちょっときついな。でも、この先は力仕事はあるまい」

「とは言ってもな……」

「もうそれはいい。自分の心配だけしてろよ」

下山の気遣いを遮って言うと、相手は笑った。

「それこそ、任せておけ。銀行屋を舐めるな」

銀行屋ってそんなに偉いのか、と揶揄しようとして、やめた。下山は、楽しんでいるかのようだ。河出の次は、警察相手に勝負するつもりか。硬い枠から抜け出した解放感が、下山を昂揚させているのだろう。わかったよ、と宇藤も笑った。

「じゃあ下山さん」

宇藤は背筋を伸ばし、電話に向かって短く言った。

「達者でな」

「ああ、ありがとう」

そこで電話は切れた。以来、下山とは話していない。

「シナリオは、下山さんが書いたのか」

阿方の言葉で、我に返った。

「シナリオ？」

「ユーチューブで流した動画のことだよ。あんた、あれほど雄弁じゃなかったろう」

「ああ、そういう話か」

それも見抜かれていたか。阿方の言う通り、芳賀が撮った動画での内容は、下山の指示によるものだった。


「これが台本だ。しっかり覚えて、実行前に破棄してくれ」

下山が作成した台本はA４判十枚もあり、台詞までしっかり書き込まれていた。宇藤は苦笑した。

「あんたもマメだなあ。ここまで、必要かい」

「河出告発のためにハイジャックした、と初めから言うと、唐突過ぎる印象を与える。留萌本線廃止反対から始めて、捜査側に河出のことが主目的だと気づかせるよう、持っていくんだ」

銀行幹部だけあって、下山の言い方には説得力があった。宇藤は承知し、懸命にシナリオを頭に叩き込んだ。後から考えれば、少しやり過ぎだったかもしれない。頭がいいぶん、下山は凝り性なのだ。

「それにだ。あの動画で語った留萌本線廃止反対の主張は、どうも教科書的で迫力に欠けた。あんたなら、留萌本線にはもっと強い思いがあるはずだ。動画での主張は、留萌本線など乗ったこともない、誰か文章の上手い人間が作ったものだと感じたよ」

なるほどな、と宇藤は納得した。マーちゃんなら、留萌本線には宇藤と同様の思い入れを持っているに違いない。動画を撮るとき、宇藤はつい興奮し、シナリオから逸脱して留萌本線への郷愁を語ろうとした。

が、人前で喋るのが苦手な宇藤にはうまくできなかった。それでシナリオに戻ったが、どうにもちぐはぐな感じになってしまったのだ。見透かされるのも、当然だろう。

(胸の内を、はっきり語るのはどうしても苦手なんだよな)

妻とうまくいかなくなったのも、そのせいだろうとわかっていた。真摯に、会社と家族のため心を砕いている自分の思いをさらけ出せばよかったのに。後悔は先に立たないが。

「で、どうなんだ。あのお嬢さん方も、あんたの仲間なのか」

宇藤は笑って、かぶりを振った。

「いいや。ちょっと前、俺たちの炭鉱町の跡を見に行ったときに出会ったんだ。ユーチューブに流すいいネタを探してる、って言うんで、あの留萌本線始発列車に乗れば面白いことがあるかもって教えてやったのさ」

「それでお嬢さん方は、誘いに乗ったわけか」

「ああ。本当に来るかどうか、五分五分《ごぶごぶ》だと思ったがね。来なかったら自撮りするか、車内で誰か見つけようと思ってたんだが」

「お嬢さん方は、あんたが炭鉱跡で声をかけてきた男だと気づいてたのか」

「薄々はな。けど、口には出さなかったよ。何か感じるところがあったのかもな」

阿方は頷いた。

「いいだろう。お嬢さん方の証言通りだ」

捜査本部は、多宮と芳賀への共犯の疑いをすでに晴らしていたようだ。

「最初に戻ろうじゃないか。下山さんのことだ」

阿方の表情が厳しくなった。宇藤は笑みを返した。

「下山氏の身辺は、とうに調べたんだろう」

「ああ。間接的に河出の企みで被害を受けたようだな。その結果、奥さんにも出て行かれて、一人暮らしだ。動機は充分にあると思っている」

「そうか」

宇藤は軽く受け流した。阿方がさらに迫った。

「渡航歴を調べた。二カ月前、香港に出かけている。ツアーだが、フリータイムに何をしていたかは摑めていない」

「誰だって香港ぐらい、遊びに行くだろう」

「九州銀行に振り込まれた身代金は、香港の銀行に送金された。下山が口座を作りに行ったんだろ」

「そう思ったら、銀行に聞けばいいだろう」

「ところが、そう簡単じゃない」

阿方は唇を歪めた。

「知っての通り、香港は民主化運動でもめてる。香港警察はそっちで手一杯だ。おまけに問題の銀行は、中国共産党の要人の個人秘密口座をいくつも扱っているらしい。誰のものであれ、預金者の情報なんか、出す気はないのさ。FBIならともかく、私らじゃ歯が立たん」

「そいつは残念だな」

下山が中国港龍銀行を選んだのは、それが理由の一つだった。

しかも間もなく、金はJRの口座にそっくり返される手筈になっている。下山が後から香港へJRへの送金指示を出したはずだった。目的は金額の象徴するものをメディアに印象づけることで、金そのものは必要なかった。JRの経理部は仰天するだろうが、どのみち宇藤たちが引き出せば、警察の網に捉えられる。使いようがないのだ。

「そこまで疑ってるなら、どうして逮捕しない」

「逮捕状が取れるほどの物証がない。任意で聴取することはできるが、何しろこれだけ注目を集めた事件《ヤマ》だ。一課長は万全を期したいのさ」

つまり、俺の自白がどうしても必要なわけだ。宇藤はただ黙って微笑んでいた。

「なあ、あんたらの標的は河出だったんだろ。奴が逮捕されたことは知ってるよな。もう間もなく起訴される。目的は達したんだ。全部話してくれてもいいだろう」

阿方はなおも食い下がった。理屈は、阿方の言う通りだ。それでも宇藤は、自分から下山や松崎について喋るつもりはなかった。昭和生まれの古風な意地かもしれないが。

「シン兄ちゃん、体の具合はどうなんだ」

ほんのわずか、顔を顰めたのに気づかれたようだ。宇藤は小さく頷く。

「正直、いいとは言えんな」

実はこのところ、体がひどく重かった。食欲もすっかり失せている。ハイジャック事件にすべての体力と気力を使い果たした感じだった。おそらく、あと二、三カ月でこの命は消えることになるのだろう。

「手術は……できないんだよな」

「ああ。手術不能との見立てだった」

「そうか」

阿方の顔が暗くなり、横を向いた。その先には、一足先に廃線になった増毛方面への路線が使っていた鉄橋が、幽霊の如く残っている。

「なあ……あんたは、最初から自分の身元がすぐに特定できるのを承知で動いていただろう。正直なところ、どうなんだ。もし手術不能の癌でなければ、この事件、本当に実行するまで踏み込んだか」

宇藤は俯いた。膵臓癌が見つかったのは、下山の計画がだいぶ煮詰まってからだ。それでも、阿方の言うことは胸に刺さった。余命が長くない、とわかって、もう実行は無理だと思ったが、すぐに自分が動けなくなるまでの間に何ができるだろう、と考え直した。それが宇藤の背中を押したのは、間違いない。でなければ、きっと実行段階に行く前に、常識が働いてしまっただろう。

「正直、わからん」

そう答えてから、宇藤はしばらく黙って寂れた駅構内を眺めた。

「炭鉱町を出て、留萌本線の列車で札幌に向かったときだが」

ふいにそんなことを言い出したので、阿方は怪訝な顔をした。

「先頭車に乗ったら、運転台の助士席側の窓の幕《カーテン》が下りてなくて、前が見えたんだよ。

特等席だと思って、座席に座らず、ずっとそこに張り付いて、進行方向を見てたんだ。子供は大概、そうするよな」

「ああ、私も覚えがあるが……」

困惑気味の阿方に微笑みを向け、宇藤は続けた。

「トンネルに入るとな、真っ暗になるが、やがて先の方に出口の明かりが見える。最初は出口の向こうは小さく、真っ白に見えるんだよ。出口が近づけばすぐ目が慣れて、向こう側の景色が見えるから、ほんの一時《いっとき》だけだが」

阿方は不思議そうな顔で宇藤を見ている。宇藤は微笑んだまま、続けた。

「その一瞬で、思ったんだよ。トンネルの向こうには真っ白の、まだ経験していない世界が広がってる、ってね。自分の行く手は、まだ手つかずの何もない世界だ。そこに新しく、自分なりの景色を作っていくんだ。そんな希望が胸に浮かんだのさ」

「希望……か」

「炭鉱町の暮らしが突然消えちまった絶望感の、裏返しだったんだろうな。希望を持ちたかったんだよ。まあ、さほど時を置かずに現実を知ることになるわけだが」

宇藤の微笑みが苦笑に変わり、また俯いた。

「河出は、どうだったんだろうな」

阿方がぼそっと言った。宇藤は驚いて顔を上げ、阿方を見た。

「河出は札幌行きの列車に乗って、同じものを見て、同じことを考えなかったろうか」

「それは……どうかな」

宇藤は首を傾げ、空を見上げた。曇り空の切れ目から、日の光の筋が漏れている。

「留萌本線は嗤ってるだろう。いや、怒ってるか。せっかく期待して送り出してやったのに、何をやってるんだって」

宇藤は、目を瞬いた。阿方はその目に、光るものを見た。

「どこで間違ったんだろうな、河出も俺も」

「それは、天にでも聞くしかないさ」

阿方は呟き、宇藤の肩に手を乗せた。

「行こうか。みんな、待ってる」

「警察か」

「それを承知で来たんだろう」

「まあな」

宇藤は頷いた。

「あんた、警察は退職したんじゃなかったのか」

「ああ、そうだ。だから一民間人として、少しばかり時間をもらった」

「最後の挨拶というわけか」

阿方はそれには答えず、ただ微笑んだ。二人は頷き合うと、改札口に向かってゆっくりと歩き出した。

〈了〉

あとがき

電車に乗ったとき、先頭の窓から前方を見るのが子供の頃の楽しみだった人は、大勢おられると思います。大人でも、眼前に目まぐるしく展開していくそんな景色が好きな人が多いのは、前方の展望を売り物にする特急電車やリゾート列車がたくさん作られている、ということでわかります。

トンネルを走行しているとき、カーブの向こうに急に出口が見えると、暗闇に慣れた目が明るさに対応できず、真っ白く見えることがあります。ほんの一瞬なのですが、胸に思いを抱えた人が、闇から光へのその一瞬に、何かを感じることもあるのでは、と考えたことから、このタイトルが生まれました。

舞台となる留萌本線ですが、JR北海道はすでに、災害で不通になっている日高本線鵡《む》川《かわ》～様似《さまに》間、根室本線富良野《ふらの》～新得《しんとく》間と共に、廃線の方針を打ち出しています。二〇二〇年三月現在、廃線の正式決定は為されていませんが、二〇一八年度の輸送密度が一日一キロ当たり一四五人という数字で、存続には地元に多大な負担がかかることから、もはや避けられないでしょう。

そんな留萌本線で、大事件が起こります。運行中の列車をハイジャックするという、前代未聞の犯罪です。留萌本線は周辺の炭鉱からの石炭や、留萌港の海産物を運ぶために作られた鉄道ですが、沿線にさほど大きな町も観光地もない、地味な路線です。NHKの連続テレビ小説「すずらん」のロケ地となり、SLすずらん号が走って話題になったこともありますが、最近では一列車の平均乗客数が十人前後という寂しい状態が続いていました。このままひっそり廃線になる前に、もう一度注目の舞台に、と仕掛けてみたお話です。

登場人物たちはそれぞれ、留萌本線に自分なりの思い入れがあります。鉄道沿線に暮らしたことのある人なら、誰でも持っているような、素朴な思いです。この作品の中では、それがただのいい思い出として終わらず、ハイジャック事件とその本当の目的へと収斂《しゅうれん》していくことになります。

昭和三十九年の時刻表の索引地図を見ると、北海道には縦横に鉄道路線が通じ、大抵の町は鉄道で結ばれていたことがわかります。それが現在の地図では、ほとんど背骨と腕と脚の部分しか残っていません。しかも、札幌周辺以外は大きな赤字を出しています。経済効率から言えば、もはや北海道の輸送機関に鉄道は適していないのでしょう。

消えゆくものを止《とど》めるのは難しいかもしれませんが、本作の登場人物たちのように、万感の思いと万雷の拍手で、見送ってやれればと思います。

二〇二〇年三月

本書は書き下ろし作品です。

著者略歴　1960年生，作家　著書『阪堺電車177号の追憶』（早川書房刊），〈大江戸科学捜査　八丁堀のおゆう〉シリーズ，『開化鐵道探偵』他多数

HM=Hayakawa Mystery
SF=Science Fiction
JA=Japanese Author
NV=Novel
NF=Nonfiction
FT=Fantasy

留萌本線《るもいほんせん》、最後《さいご》の事件《じけん》
トンネルの向こうは真っ白

〈JA1430〉

二〇二〇年四月　二十　日　印刷
二〇二〇年四月二十五日　発行
（定価はカバーに表示してあります）

著　者　山《やま》本《もと》巧《こう》次《じ》
発行者　早川　浩
印刷者　入澤誠一郎
発行所　株式会社　早川書房
郵便番号　一〇一 - 〇〇四六
東京都千代田区神田多町二ノ二
電話　〇三 - 三二五二 - 三一一一
振替　〇〇一六〇 - 三 - 四七七九九
https://www.hayakawa-online.co.jp

乱丁・落丁本は小社制作部宛お送り下さい。
送料小社負担にてお取りかえいたします。

印刷・星野精版印刷株式会社　製本・株式会社明光社

ISBN978-4-15-031430-9 C0193

本書は活字が大きく読みやすい〈トールサイズ〉です。